독립서점을
그립니다

당신의 꿈을 응원하는 그림 에세이 ★

독립서점을
그립니다

권냥이 쓰고 그림

생애

★
꿈꾸는 권냥이의 독립서점 여행기

전시를 합니다

끝까지 하는 권냥이입니다

권냥이입니다

저녁 산책   2021. 9

2019년 12월, 배꼽 아래 대장 부근에 무언가가 만져졌다. 원래 조그맣게 만져지던 것이 몇 주 사이에 확 커진 게 느껴질 정도였다. 두려움에 며칠을 망설이다 근처 종합 병원을 예약하고 진료를 보러 갔다. 의사는 아랫배 쪽을 만져보더니 탈장인 것 같다며 CT를 찍어보자 했고, 나는 '탈장이라면 수술이 불가피한데 며칠 동안 아이들을 어디에 부탁해야 하나' 하는 걱정부터 앞섰다. 그런데 CT 결과지를 들여다보던 의사는 조심스레 또 다른 이야기를 했다. 암인 것 같다고, 빨리 수술하자고, 혹시 가족력이 있냐고.

'지금 내가 무슨 소리를 들은 거지?' 현실감 없는 대사에 머릿속이 하얘졌다. 잠시 후 내가 꺼낸 첫마디는 "우리 애들 이제 여섯 살, 세 살인데 저 죽나요?"였다. 처음 든 생각은 그것뿐이었다.

의사 선생님은 내 질문에는 아랑곳하지 않고 또 다른 암도 의심되니 하루빨리 검사를 더 진행해야 하고 수술도 해야 한다고 했다. 진료실을 나오는 순간부터 눈물이 멈추지 않고 흘렀다. 무슨 정신인지 모른 채로 택시를 잡아타고 울면서 집으로 돌아왔다. 곧 애들 하원 시간인데 눈물이 멈추지 않았다. 간신히 진정하고 아이들을 데리러 어린이집에 갔는데, 첫째 담임 선생님께서 나의 충혈된 눈과 벌게진 얼굴을 보시더니 위로의 말씀을 건네주셨다.

"어머니, 일하느라, 육아하느라 힘드시죠. 저도 애들 어릴 때 그랬어요. 힘내세요~"

'아니, 그게 아니고요…… 제가 방금 암 진단을 받아서요.' 라는 말은 차마 하지 못하고, 번지수를 잘못 찾은 선생님의 위로에도 감정을 주체 못 하고 그 자리에서 또 삼켰던 눈물을 쏟아냈다.

집에 돌아와서 첫째가 물었다.

"엄마 울어?"

"아니, 하품했어."

"그렇구나~"

엄마의 대답을 듣곤 이렇게 말하며 그냥 다시 자기 할 일을 했다.

이럴 땐 무심한 아들만 둘이라 다행이었다.

왠지 불길한 예감이 들긴 했다. 암이라는 소리를 듣게 될 줄은 몰랐지만……. 그래서 처음부터 동네 외과가 아닌 종합 병원을 찾았었나 보다. 너무 두려워서 앞으로 대체 어떤 증상이 나타나고, 어떤 치료를 받아야 하는지 검색조차 할 수 없었다. 의사는 당장 수술을 권했으나 바로 인정하고 싶지는 않았다. 일단 근처 더 큰 병원 몇 군데를 예약해서 다시 검사를 받아보기로 했다. 나를 대신해 신랑이 여러 사례들을 찾아보며 어느 병원에서 수술과 치료를 진행해야 할지 알아보기 시작했다. 제발 그 병원 교수의 진단이 오진이었길 바라며.

S병원은 너무 멀고, H병원과 A병원이 좋겠다고 결정했다. 치료받게 되어도 어쨌든 집에서 가까운 것이 여러모로 편할 테니. 먼저 H병원에 가장 이른 날짜를 어렵게 예약

한 후 진료를 보러 갔는데, 진료실에 들어서자 의사가 나에게 한 첫마디는 대뜸 "여기서 수술하실 건가요?"였다. 수술한다고 하면 내 증상을 다른 과에도 연결해서 블라블라블라…… 너무나 형식적이고 딱딱한, 나를 그저 '환자 손님'으로 대하는 듯한 의사의 말투에, 이곳에서 진행하고 싶은 마음이 들지 않았다.

마지막이라 생각하고 찾은 A병원은 마치 사람에 떠밀려 출근하는 지하철 2호선 환승역 같았다. 길도 자꾸 잃어 안내 데스크에 몇 번이나 물어보고, 환자가 너무 많아 예약한 시간보다 한 시간 이상 지연되었다. 진료 대기실에 앉아 있으니 오만가지 생각이 들었다.

'왜 내가 지금 이 나이에, 여기에 와서 이렇게 초조해하며, K병원 교수의 진단이 제발 오진이었길 빌고 있는 걸까?', '적어도 우리 애들이 자기 앞가림은 할 수 있을 때 이런 일이 생겼어야 하지 않나?' 불안하고 심장이 터질 것 같아서 이어폰으로 귀를 막고 '마음을 진정시켜 주는 클래식' 리스트를 재생했다.

볼륨은 최대로.

현실감 없는 대사에 머릿속이 하얘졌다.

잠시 후 내가 꺼낸 첫마디는

"우리 애들 이제 여섯 살, 세 살인데 저 죽나요?"였다.

한옥길을 따라 2021. 7

기나긴 기다림 끝에 만난 의사 선생님은 K 병원에서 받아온 CT와 소견서를 보며 이것만으론 이 종양이 뭔지 판단할 수 없다고 했다. 일단 배꼽탈장은 맞고 수술할 때 종양도 떼어버리고 배꼽도 교정하면 되니 조직검사 날짜부터 잡고 가라 했다. "이건 암입니다."라고 단정 지어 말하지 않았다. 그냥, 감기 환자인 것처럼 무심한 듯 이야기해 주어서 정말 고마웠다. 환자를 안심시키기 위한 말투가 아니라 실제로 별것 아니라 그렇게 이야기한 것으로 생각하기로 했다. 거짓말처럼 이날 이후, 시도 때도 없이 흘러나오던 눈물은 더 이상 나오지 않았다.

사실, 병에 걸리면 삶이 무너져 내릴 것이라고 막연하게 생각했었다. 그런데 '당장'은 바뀌는 것이 없다. 그냥 평소와 다름없이 아이들을 돌보고 집안일을 하고 똑같이 살아간다. 다만, 그 평범한 일상에 매 순간 감사하게 된다.

조직검사를 하는 날, 밑반찬 몇 가지를 만들어 놓고 아이들을 어린이집에 보낸 후 짐을 챙겨 병원으로 향했다. 신랑이 퇴근 후 평소보다 좀 늦게 아이들을 찾았고, 나는 6인 병동에서 아이들 없는 하루를 보냈다. 검사 순서는 거의 맨 뒤였고, 조직검사실 직원들의 퇴근 시간이 다 되어서야 내 차례가 되었다.

마취 후 커다란 바늘이 내 살을 통과해 깊숙이 들어가는 게 느껴졌다. 바늘이 들어가는 느낌이 들 땐 좀 겁이 났지만, 생각보다 아프지는 않았다. 그저, 이 조직들이 제발 악성이 아니기만을 바랐다. 조직검사 후에는 바늘이 들어갔던 부위 위에 무거운 모래주머니를 4시간 가량 올려놓고 있어야 한다. 자세 한 번 바꾸지 못하고 4시간을 누워 있으니 어느덧 밤 9시. 애초에 하루 입원으로 들어왔지만 늦은 시간이라 하룻밤 더 입원해야 하는 상황이었다. 하지만 너무 답답한 나머지 가퇴원을 하고 병원을 뛰쳐나와 버렸다. 돌아오는 택시 안에서 내 안의 내적 자아가 싸웠다. 아이들이 보고 싶은 마음 반, 아이들이 잤으면 좋겠다는 마음 반……. 역시나 우리 아이들은 안 자고 있었다(효자야 효자!). 그냥 하루 더 있다 올 걸 그랬나 하는 후회도 잠시, 엄마가 하루 만에 왔다고 좋아하는 아이들을 보니 귀엽고, 이쁘고, 또 슬펐다. 오진이길 바라며 두 번째, 세 번째 병원을 거쳐 왔다. 조직검사 결과는 열흘 후에 나온다. 내가 할 일은 마음을 비우고 다 내려놓는 것뿐이었다.

조직검사 결과가 나오기 4일 전, 불안한 마음을 조금이라도 진정시켜 줄 사람을 찾아갔다. 10년 전 여행길에서 만났던 나의 멘토 같은 민정 언니. 언니에게서 미처 몰랐던 이야기를 들었다. 언니도 예전에 자궁내막증으로 수술을 했는데, 의사가 미혼인 언니에게 임신과 출산만이 병의 재발을 미루는 방법이라고 이야기했단다. 내 몸을 위해 당장 원하지도 않는 임신과 출산을 해야 한다니, 이 무슨 아이러니한 상황이란 말인가! 그 일을 계기로 언니는 하던 일을 그만두고 해외로 떠나서 한동안 돌아오지 않았다. 그땐 나도 출산과 육아에 정신없던 시기라 언니의 속내도 모른 채 훌쩍 떠날 수 있는 자유로움이 부럽기만 했는데, 7년이 지나서야 그 이유를 알게 된 것이다. 언니는 인도와 뉴질랜드 등에서 생활하며 자신을 돌아보는 시간을 가진 후 한국으로 돌아왔고, 지금은 언니가 좋아하는 일을 하며 너무나도 잘 지내고 있다. 그리고 그 후로 자궁내막증은 재발하지 않았다고 한다.

물론 모두에게 일어나는 기적은 아니지만, 언니의 이야기를 듣고 나니 마음이 한결 편해졌다. 가끔씩 복잡한 마음에 잠 못 들고 뒤척이는 날들도 있었으나, 보통의 날들처럼 웃고 떠들고 사람들도 만나며 하루하루를 보냈다. 나에게 주어진 날들이 너무나 소중했다. 그 종양이 뭐든 겸허히 받아들이고 그다음 단계를 생각하자. 만약 정말 암이라면 치료를 받으면 되고, 아니라면 앞으로의 인생에 더욱 감사하며 살기로 했다. 그렇게 검사 결과가 나오는 당일이 되었고…….

정말정말 듣고 싶었던 말. 매일매일 바라고 바랐던 말. 암이 아니라는 말을 듣게 되었다. 정확히는 '경계성 종양'이었다. 악성은 아니었으나 이미 종양이 어른 주먹만 하게 커져버려 수술이 불가피했는데, 주치의 선생님은 이미 몇 달 치 스케줄이 꽉 차 있었기에 수술을 받으려면 8개월의 시간을 기다려야 했다. 커지는 속도를 감안하면 무작정 기다릴 수는 없었고, 선생님의 스케줄이 안 되면 다른 병원에 가서라도 수술받아야 했지만, 나는 내 병명을 단정 짓지 않았던 이 선생님께 꼭 수술받고 싶었다. 한참 동안 수술 스케줄을 들여다보던 선생님은 3주 후 어느 분의 수술 뒤 시간을 비집고 끼워 넣어 주셨고, 나는 그렇게 종양과 안녕을 고하기로 했다.

'알고 보니 나, 운이 꽤 좋은 사람이구나.'

의사 선생님께 90도 인사를 하고 진료실을 나왔다. 오후의 병원 지하 주차장은 출차 차량으로 꽉 막혀 빠져나오는 데만 30분이 넘게 걸렸지만, 그런 건 아무 문제도 아니었다. 차 안에 갇혀 한참을 오도 가도 못하는 상황 속에서도 나는 웃으며 중얼거렸다.

"나, 다시 태어난 것 같다……."

이미 두 아이를 낳았을 때 가로로 두 번 칼을 댔고, 이번엔 그것보다 더 긴 세로로 된 수술 자국이 생기겠지만, 그런 것쯤은 걱정되지 않았다. 첫 번째 병원의 진단이 오진이었던 것만으로도 나는 충분히 행복했다. 마음을 졸였던 그 시간 동안 나는 내 가족을, 내 인간관계를, 내 인생을 돌아볼 수 있었다.

지금도 그때 그 마음들을 잊지 않으려 그날을 되새기며 살고 있다. 사람 쉽게 안 변한다지만 나의 하루하루는 조금은 달라졌다.

차 안에 갇혀 오도 가도 못하는 상황 속에서도

나는 웃으며 중얼거렸다.

"나, 다시 태어난 것 같다……."

골목 책방 2021. 9

길치라도 괜찮아

서판교에 갈 일이 있어 오랜만에 운전대를 잡았다. 운전 이야기를 하자면 나의 짧은 경력에도 참 다양한 에피소드가 있다. 장롱으로 8년쯤 살다 갱신할 때가 다 되어서 본격적으로 운전을 시작했다. 아, 여기서 '본격적'이라는 것은 뭐 1시간 거리의 서울 출퇴근 이런 것이 아니라 '본격 마트용'을 뜻한다. 어쨌든, 참 할 말도 쓸 말도 많지만, 어디서부터 이야기해야 할지 모르는 나의 운전이라는 세계. 서판교로 출퇴근하는 친구 조귀자씨(본명 아님)를 만나기 위해 길을 나선 것으로부터 오늘의 에피소드가 시작된다.

외곽순환도로로 쭉 가다가 판교 IC로 빠져서 그다음엔 뭐 내비게이션의 뜻대로 가면 되겠지 생각했는데 고속도로가 아닌 빠른 길로 설정되어 있었는지 이놈의 내비게이션이 고속도로를 태웠다가 시내 도로를 태웠다가 나를 들었다 놨다 하기 시작했다. 나의 멘탈은 점점 갈 곳을 잃었고, 결국 안양 판교 출구에서 미처 빠져나오지 못한 채 직진하고야 말았다. 때아닌 '침착맨'을 외치며 다른 차들에 밀려 내가 조용히 떠내려간 곳은 맛집이 많기로 유명한 용인 '고기리'였다. 그 꼬불꼬불한 길 위의 맛집들을 보며 나는 군침이 아닌 눈물을 흘렸다.

'대체 여길 어떻게 벗어나야 할까?'

때맞춰 걸려 온 친구의 전화를 받다가 또 길을 잘못 들어 내비게이션의 시간은 다시 10분이 추가되었다. 그렇게 친구의 금쪽같은 점심시간이 한참 지난 후에야 목적지에 도착할 수 있었고 나의 정신은 이미 피폐해져 있었다. 이렇게까지 힘들게 사람을 만나야 할까 싶기도 했지만, 누구보다 나에게 좋은 영향을 주는 친구이기에 가능한 일이었다.

대학 동기인 조귀자는 1인 출판사의 꿈을 갖고 열심히 출판 편집일을 하는 직장인이며 동화책을 출간한 작가이기도 하다. 내가 두 아이의 엄마가 될 동안 열심히 회사에 다니며 부지런히 여행도 하고 새로운 것도 틈틈이 배우며 본인의 삶을 즐기고 사는 야무진 친구다(본인은 '월급 루팡'이라고 스스로를 칭하지만, 누구보다 완벽주의자인 것을 안다). 한창 육아로 정신없던 시절, 이 친구를 만나면 나의 현실을 잠시나마 잊을 수 있어서 좋았다. 자신의 꿈을 향해 나아가는 친구를 보며 나도 곧 뒤를 쫓아야지 다짐하는 계기가 되기도 했다. 자기가 편집한 어린이책이 출간되면 나에게 한 권씩 보내주기도 했고, 프리랜서의 고뇌와 현실적 조언이 담긴 책과 함께 직접 쓴 손 편지를 주기도 했다. 아이가 어려서 밖에 나가기 힘든 나를 위해 내가 좋아하는 모란 불족발을 포장해서 우리 집까지 와주기도 했는데, 그 불족발을 함께 뜯으며 아이가 다 크면 결혼 전에 그랬던 것처럼 어디로든 함께 여행을 떠나자고 약속도 했더랬다.

내가 길을 헤매는 동안 점심시간이 훌쩍 넘어, 직장인들이 점심을 먹으러 우르르 쏟아져 나왔다. 우리도 그 대열에 자연스레 합류해서 어느 쌀국숫집 빈자리에 자리를 잡고 앉아

직원이 추천해 준 양지 쌀국수와 반미 샌드위치를 주문해 놓고 서로의 근황을 알렸다. 친구는 직장인과 작가의 어딘가에서 치열하게 고민하고 있던 때였다. 친구가 1인 출판사 명으로 생각하는 후보 몇 가지를 이야기하면 나는 그에 대한 피드백을 해주었다. 출판사명 후보로 내놓은 세 가지가 다 내 마음에 들었다. 어찌나 작명 센스가 넘치던지!

그때 나는 얼마 전 구두 계약했던 책 출간이 취소된 상태였고, 이렇게 계속 내가 하고 싶은 일을 밀고 나가도 되는지 고민이 많았다. 친구는 여기까지 온 게 아깝지 않냐고, 돌아보면 이만큼 와 있다고, 넌 잘하고 있다고 따뜻함을 한가득 담아 용기를 주었다. 덕분에 에너지를 가득 충전했다. 언제나 그랬듯이 '내 편'과의 만남은 나의 길을 계속 나아갈 힘을 준다. 우리는 모두 '괜찮은 작가'의 꿈을 놓지 않고 있다.

그렇게 우리는 서로의 꿈과 이상에 관한 이야기를 나누다 다시 현실로 돌아왔다. 나는 육아의 세계로, 친구는 직장인의 세계로……. 그래도 우리는 계속 나아갈 것이다. 서판교로 가는 길에 고기리로 잘못 빠졌으나 결국 목적지에 도착해서 소중한 친구를 만났듯이, 돌고 돌더라도 언젠가는 목

표한 바에 도달해 있을 것이라 믿는다.

　외출을 쓰고 나온 친구와의 짧은 만남 후 집으로 돌아오는 길에 나는 또 다른 곳으로 빠져 도착 시간이 20분이나 추가되는 것을 경험했다. 그렇다. 나는 길치였다.

기억의 조각들 2022. 5

미용실 옥상에서 바라본 봄

어느 날 갑자기 거울 속 내가 유독 못생겨 보이는 날이 있다면 그것은 머리카락이 나에게 뿌리 염색을 하라는 시그널을 보내는 날이다. 지체없이 단골 미용실 사장님께 전화를 걸어 가장 빠른 시간을 예약해야 한다. 몇 해 전 새로운 곳으로 이사를 오고 나서 이곳저곳 미용실 몇 군데를 전전하다 인근 아파트 단지 상가 건물 2층에 있는 미용실에 정착한지도 이제 2년 반이 되었다. 나에게 작은 이모뻘쯤 되실 것 같은 미용실 사장님은 여덟 평 남짓 되는 작은 미용실을 오롯이 혼자 운영하신다. 미용실 중앙에 놓여 있는 조그만 브라운관 TV에는 일일연속극도, 트로트 채널도 아닌, CCM 음악 채널이 늘 틀어져 있다. 정 많고 사람 좋은 사장님이시지만, 채널 선택은 손님의 취향과 관계가 없으니 독실한 기독교인이 분명하다. 나의 주 종목은 뿌리 염색이기에 3개월에 한 번씩은 꼭 사장님을 만나러 가게 되는데, 이곳은 어린아이부터 백발의 노인 분들까지 정말 전 연령층을 아우르는동네 사랑방이다. 사장님이 어떤 날엔 주전부리를 함께 먹자고 나눠주시기도 하고, 또 어떤 날엔 동네 분들이 뜯어다주신 나물이라며 한 봉지 가득 담아주시기도 한다.

이날도 1차 염색을 마무리하고 가져온 책을 펼쳐서 읽으려는 찰나, 사장님께서 갑자기 "옥상에 매화꽃 보러 올라가자~"라고 하셨다. 손님은 아무도 없었고 옥상은 고작 한 층만 올라가면 되니 망설일 이유가 없었다.

그렇게 사장님과 함께 올라간 옥상에는 매화나무 한 그루와 파, 호박, 방풍나물, 마늘, 시금치 등 각종 채소들이 심겨 있었다. 미용실 옆 세탁소 남자 사장님의 정성으로 일구어진 작은 '옥상 텃밭'이라고 했다. 가끔 여기 세탁소에 옷수선을 맡긴 적이 있는데 묵묵히 작업하시는 모습만 뵈어서 이렇게 식물들에 다정한 분인 줄은 몰랐다. 미용실 사장님은 단상 위로 올라오면 더 좋은 풍경이 있다며 나를 이끄

셨는데 올라선 단상 위 풍경은 봄이 한창이었다. 이제 막 봉우리를 피우려고 하는 벚꽃 나무들을 바라보며 이 속도라면 2~3일 내로 벚꽃이 활짝 필 거라고 알려주셨고, 이 동네 주민들만 알 수 있는 예쁜 산책길에 대한 정보를 아낌없이 주셨다. 최신 인테리어의 미용실도 젊은 감각의 미용사가 운영하는 미용실도 집 근처에 있다. 하지만 이것이 내가 이 미용실 단골이 된 이유다.

사장님은 본인의 생각이 옳다고 강요하지도 않으시고, 관심 없는 대화 주제로 손님을 피곤하게 하지도 않으신다. 가만히 듣다 보면 하나하나 인생을 살아가는 데 있어 새겨들을 이야기도 많다. 이런 분들을 보며 나는 생각한다. 이런 어른으로 나이 들어 가면 좋겠다고. 꼰대가 아닌 진짜 어른이 되고 싶다.

염색을 마칠 때까지도 다른 손님이 들어오지 않아 평소보다 더 신경 써서 고데기로 마무리까지 해주신 날, 미용실 상가 옥상에서 바라본 봄은 오래도록 기억될 것 같다. 거울 속 내 얼굴의 못생김도 조금 나아졌고, 이래저래 봄은 봄이다.

용인포은아트홀 '비하인드 더 스테이지' 행사 포스터   2023.1

아이들 없는 일주일

경기도의 한 아트홀과 그림 작업에 관한 이야기를 나누었다. 분기별로 하는 무대 체험 행사 포스터를 제작하는데 감사하게도 무대 감독님께서 나의 일러스트로 홍보용 포스터를 제작하고 싶다고 하셨고, 몇 번의 미팅 끝에 1월 첫째 주까지 열두 장의 일러스트 작업을 완료하기로 했다. 작년 연말은 매우 바빴다. 그림 작업에 달력 제작과 텀블벅 진행, 브런치 당선 관련 미팅과 서점 전시 진행까지 정신없이 달리다 보니 어느덧 마감일이 몇 주 앞으로 성큼 다가와 버렸고, 작업 진행은 얼마 하지도 못했는데 겨울 방학이라는 무시무시한 것이 돌아왔다. '방학＝나의 작업 시간이 반의반쯤으로 줄어듦'이 성립되므로.

아이들을 키우면서 정말 중요한 일을 제외하고는 양가 부모님의 손을 빌려본 적이 거의 없다. 워낙 바쁘신 것도 그 이유이고, 에너자이저 아들 둘을 보는 것이 보통 일이 아니라는 것을 너무나 잘 알기 때문이다. 그러나 당장 일주일 후로 닥쳐온 마감 앞에는 장사가 없었다. 방학만 아니어도 작업 시간을 좀 빼보겠는데 도저히 그 시간에 맞추는 것이 불가능하다는 것을 직감한 나는 친정 부모님께 며칠만 아이들을 봐달라는 부탁을 드렸고, 아이들은 엉겁결에 엄마아빠의 통제를 벗어난 신세계를 맛보게 되었다.

나는 비장한 각오로 스터디카페에 입성해 시험을 앞둔 학생들과 자격증 공부 중인 사람들 틈에 자연스레 스며들었다. 스터디카페는 꽤 집중이 잘 되는 장소라 평소에도 그림 작업을 할 때 자주 찾는다. 아이들이 없는 틈을 타서 작업할 수 있는 최대 시간은 길어야 네댓 시간. 하지만 온전히 혼자가 된 나는 처음으로 '당일권'이라는 것을 끊어보았다.

최대 12시간까지 머무를 수 있는 당일권은 우리 집 앞 스터디카페 기준 단돈 13000원! '와, 싸다 싸.' 아이들 돌봄과 집안일로부터 온전히 자유로워진 나 또한 열두 시간 그림만 그리는 신세계를 맛보게 된 것이다. 카페에서처럼 BGM이 깔리는 곳도 아니고 타자기 소리까지 소음으로 느껴지는 스터디카페에서의 열두 시간. 적막하고 고요해서 더 행복한.

'그림만 그리는 것이 이렇게나 행복한 일이구나.'

손목에 파스까지 붙여가며 작업했지만, 육아의 세계로 출근하는 일 없이 그림 작업을 지속할 수 있다는 기쁨에 순간 순간 울컥할 정도였다. 아이들이 없어서 기쁜 점은 마음껏 작업을 할 수 있다는 것뿐만이 아니었다. 돌밥돌밥(돌아서면 밥하고, 돌아서면 밥하고)에 지친 부모들은 모두 공감하지 않을까? 며칠간 나는 삼시세끼의 압박으로부터 해방되었다. 이런 호사 정도는 한 번쯤 누려볼 만하지 않은가!

나는 매일 저녁 6시에 남자 셋을 위한 저녁상을 차린다. 그런데 그 저녁상은 6시에 뚝딱 만들어지는 것이 아니다. 아침부터 그날의 메뉴를 생각하고 필요한 것이 있으면 미리 준비한다. 만약 오후 4시까지도 저녁 메뉴가 떠오르지 않으면 불안감에 휩싸이곤 한다. 그렇게 반복되던 일상적인 행위를 며칠 동안 하지 않아도 된다는 해방감 또한 나에겐 큰 기쁨이었다.

저녁을 차리는 대신 퇴근한 남편과 식당에 간다. 아이들이 좋아하는 메뉴를 함께 파는 곳인지 체크하지 않고, 온전히 우리가 좋아하는 메뉴를 골라서 반주까지 곁들인다. 기분 좋게 알딸딸한 채로 들어와서 그림 작업을 마무리하거나 책을 읽는다. 아이들의 숙제를 체크해주지 않아도 되고, 같이 놀아줘야 한다는 의무감을 느끼지 않아도 된다.

온전한 우리만의 시간. 며칠간 그 호사를 누려보았다. 물론 이 호사는 우리 부부만 누린 것이 아니다. 아이들도 마찬가지로 부모와 학원, 숙제로부터 해방된 일주일이었을 것이다. 할머니 할아버지와 함께라면 안 되는 것도 모두 되는 매직이 펼쳐지니까! 하고 싶은 게 있다면 졸라서 쟁취했을 터다. 평소 보지 말라고 했던 채널도 봤을 것이고, 허락한 시간 이상으로 게임도 했을 것이고, 너무 놀지 말라고 들려 보낸 문제집은 설렁설렁 풀었을 것이다. 부모도 자유를 누렸고 아이들도 자유를 누렸다.

다만 그것은 나의 부모님의 희생과 맞바꾼 자유였다. 부모님은 손주들 삼시세끼를 고민했을 것이고, 잘 안 먹는 아이들의 간식거리를 걱정했을 것이고, 지루해하는 아이들을 위해 외출할 만한 적당한 장소를 찾아보셨을 것이다. 게임만 하지 않도록 계속 지켜보셨을 것이고, 잠자리가 불편하지 않게 이부자리를 정성껏 펴주었을 것이다. 혹시 잘 때 춥지는 않을까? 평소보다 집안 온도에 더 신경 쓰셨을 것이다. 자식들에겐 힘든 내색을 하지 않으셨고 실제로도 기쁜 마음으로 손주들을 돌봐주셨을 테지만, 본인의 자유 시간을 포기하고 아이와 함께하는 일주일을 보낸다는 것은 결코 당연한 일도 쉬운 일도 아니다. 부모님의 희생을 당연해하는 내가 되지 않길. 또다시 반복될 일상에 감사할 수 있길.

어쨌든 아이들 없는 일주일은 겪어볼 만한 행복인걸로.

해변의 서점 2021. 12

회사원, 프리랜서 디자이너,
그리고 작가

아주 오래전부터 책을 쓰고 싶었다. 이 세상에 태어나 책한 권쯤은 남기고 가고 싶었다. 처음엔 어떤 방식으로든 책을 내면 좋겠다고 생각했는데 그게 아니었다. 글은 알면 알수록 모르겠고, 쓰면 쓸수록 잘 쓰고 싶어지더라.

나의 첫 투고는 10여 년 전으로 거슬러 올라간다. 당시 첫번째 회사를 퇴사하고 산티아고 순례길에 다녀왔는데, 스마트폰도 없던(와~ 옛날 사람) 시절인지라 한 권의 노트에 매일 순례길 여정을 기록했었다. 다녀온 후 개인 블로그에 노트의 내용을 토대로 40일간의 여정을 연재했고, 그 글은 블로그 메인에도 여러 번 소개되고, 나름 괜찮은 호응을 얻었다. 용기를 얻은 나는 출판사에 투고를 해보기로 했다. 그런데 제대로 된 투고 방법을 몰랐다. 출간 기획서를 만들어서 보낸 것이 아니라 내 블로그 링크에 대강의 소개글을 덧붙여서 보냈다. 내 딴엔 신경 써서 진지하게 보낸 것이었고, 내 글이 마음에 든다면 어떻게든 편집자가 알아봐 주겠지라는 말도 안 되는 패기를 가졌었다. 성의 없는 투고에 당연히 답변은 오지 않았고, 단 한 번의 투고 실패 후 그대로 포기를 했었다.

나는 당시 웹디자이너로 일하고 있었고, 늘 정신이 없었다. 남의 일이 아닌 내 일을 하고 싶었지만 내 그릇은 크지 않았고 용기도 없었다. 그렇게 출간에 대한 꿈은 고이 접어서 깊숙한 곳에 처박아둔 채로 여러 해가 흘렀다. 몇 번의 퇴사와 입사를 거친 7년간의 직장 생활은 한 악덕 사장을 만난 계기로 완전히 끝나게 되었다. 나는 새롭게 시작된 사업부에 총괄 마케팅을 담당하며 그 회사에 입사했다. 작은 회사였기에 쇼핑몰 운영부터 전화응대, 패키지 제품 디자인까지 만능으로 해야 했고 늘 정신이 없었다. 몇 달이 지나고 예상만큼 실적이 오르지 않자 사장은 딸뻘인 나를 놓고 전체 회식 자리에서 엄청난 면박을 주었다. 서른 살의 나는 그 자리에서 펑펑 울었고 나를 도와주는 이는 아무도 없었다. 그 자리에 있던 실장님이라고 불리던 사장 부인은 덜덜 떨며 사장의 폭언이 끝나기만을 기다렸다.

술이 깨고 나면 자신의 행동에 반성하고 후회할 줄 알았으나 내 예상은 여지없이 빗나갔다. 술에 취해서 난데없이 나에게 폭언을 퍼부었던 사장이, 다음 날 나에게 했던 말은 진심이 담긴 사과가 아니었다. "그래서, 너 뭐가 불만인데?"였다.

그때 알았다. 사장은 자신의 '신생 사업 계획'의 실패가 자신의 탓이 아니었다고 책임 전가할 사람이 필요했다는 것을. 나는 사직서를 제출했고, 사장에게 일방적으로 당했던 나에게 실장이라는 사람 역시 실업급여도 신청해줄 수 없다고 했다. 어쨌든 내 손으로 낸 사직서니까. 그게 나의 마지막 회사 이야기다. 회사를 나오며 나는 바보 같이도 그들을 탓하기보다 나 자신을 원망하는 마음을 가졌었다. 내가 유연하지 못해서 부러진 것이라고 나의 탓을 했다.

그때부터 나는 혼자 일해보기로 마음먹었다. 하지만 부모님과 함께 사는 집에서는 눈치도 보이고 일도 제대로 안 될 것 같았다. 출퇴근할 곳이 필요했다. 사양 좋은 조립식 컴퓨터를 구매한 후, 남친이 자취하던 집에 남는 방 하나를 작업실로 꾸몄다. 남친이 출근을 하면 나도 그 빈집으로 출근을 했다. 마음먹고 일을 시작했던 시기가 한겨울이었기에 언덕에 위치했던 다세대주택 1층의 남친 집 아니 나의 사무실은 몹시도 추웠다. 수도는 종종 한파에 꽁꽁 얼곤 했지만, 보일러를 마음껏 틀기도 미안했다. 그렇게 집과 사무실을 두 달쯤 왕복하며 살았을 즈음 드디어 받던 월급보다 프리랜서로 버는 수입이 많아졌고, 곧 월급의 배를 넘게 버는 달들이 이어졌다. 내 이름을 걸고 하는 일, 내가 일한 만큼 온전히 내가 버는 것이라고 생각하니 마음가짐도 달라졌다. 하루종일 컴퓨터를 하며 생긴 두통이 덤으로 이어졌지만, 나는 이렇게 혼자 일하는 게 맞는 사람이라는 확신이 들었다. 몇 개월 후 회사로부터 다시 와줄 수 없냐는 연락을 받았지만, 이미 나는 월급보다 많이 벌고 있었기에 다시 그곳으로 갈 이유가 전혀 없었다. 이게 벌써 10년이 다 된 이야기다.

나는 그렇게 프리랜서로 1년쯤 일하다가 자기 집 방 한 칸을 사무실로 내어준 남친과 결혼했다. 월급보다 많았던 프리랜서 때의 수입은 결혼 후 바로 이어진 임신, 출산, 육아의 과정에서 점점 줄어들어 아예 수입이 없던 기간도 있었고, 다시 일을 시작했다가 또다시 둘째 출산이 이어지며 '가다 서다'를 반복했다. 프리랜서로 일하는 동안 참 많은 인연을 만났다. 다양한 자영업자들을 만났고 그 소중한 인연들이 지금까지 이어지고 있다. 두 아이를 키우는 동안 '엄마'가 아닌 '나'를 잃지 않게 해주었던 감사한 사람들이다.

프리랜서 디자이너로 의뢰를 받아서 일을 할 수 있다는 것 자체가 감사한 일이었지만, 아이를 키우며 남는 시간을 쪼개가며 일하는 수입은 많지 않았다. 일을 늘리고 싶어도 내 체력도, 시간도 허락되지 않았다. 그러던 중 둘째까지 어린이집에 가게 되면서 조금씩 시간이 나기 시작하자 마음속에 품고 있던 꿈을 다시 꾸게 되었다.

궁극적으로 내가 되고 싶은 것은 작가였다. 내 책을 내는 것, 내 그림이 사랑받는 것이었다.

하지만 어떤 주제로 나의 이야기를 풀어나가야 할지를 몰랐다. 육아가 일상인 내 삶은 재미난 이야깃거리도 없었고 평탄했고 평범했다. 계속 그리다 보니 내 그림 스타일이 생겼지만 스토리적인 면이 부족했다. 그렇게 또 한동안 묵혀두었던 꿈이 꿈으로 끝날 뻔하던 어느 날, '독립서점'을 알게되었고, 나만의 느낌으로 그곳을 그려보면 어떨까 하는 생각이 들었다.

그렇게 '독립서점'에서 나의 길을 묻게 되었다.

프리랜서로 일하는 동안 참 많은 인연을 만났다.

다양한 자영업자들을 만났고

그 소중한 인연들이 지금까지 이어지고 있다.

두 아이를 키우는 동안 '엄마'가 아닌 '나'를

잃지 않게 해주었던 감사한 사람들이다.

독립서점이 좋아서

안도북스　2022. 11
서울 마포구 월드컵북로6길 87 2층 201호

서점이 주는 낭만

내 기억 속 첫 번째 서점은 어디였을까?

'부모님과 함께'가 아닌, 내가 주체가 되어 혼자 서점에 가서 책을 고르고 계산하고 나왔던 때는 초등학교 4학년 무렵이었다. 서점 가는 길도 기억한다. 집을 나와 큰길을 건너 지역 방송국과 작은 동네 예식장을 지나, 내가 다니던 초등학교 골목길이 나오면 오른쪽으로 꺾어 언덕길을 쭈욱 올라간다. 오르막을 오르다 숨이 가빠오기 시작할 때쯤 언덕 뒤로 주공 아파트가 살짝 모습을 드러내면 아파트 단지 초입에 있는 '대지서점'을 만날 수 있었다. 다른 동네로 이사 가기 전까지 들락날락했으니 5년의 추억이 있던 곳이다.

초등학교 때는 순정 만화잡지를 사기 위해 그곳에 갔다.

매달 24일이면 엄마에게 4000원을 받아 서점으로 쪼르르 달려갔다. 표지는 누가 그렸는지 부록은 뭔지 확인하고 두세 종류의 만화잡지 중에서 고민하지만, 결국엔 늘 사던 만화잡지를 사서 돌아왔다.

중학교 때는 문제집⋯⋯이면 참 좋았겠지만, 당시 좋아했던 아이돌이 표지를 장식한 잡지를 사기 위해 그곳에 갔다. 서점이 있던 아파트 단지엔 나와 소울을 나누었던 김영주라는 친구가 살고 있었다. 나와 친구는 서로 다른 아이돌을 좋아했는데 함께 서점에 들어가 자기 '오빠'들의 페이지 수가 많은 잡지를 골라 한 권씩 구입한 후 근처 공터, 혹은 동네 다리 밑 어딘가에 앉아서 서로가 좋아하는 오빠들 페이지를 조심스레 칼로 잘라 교환했다. 앞 뒷면에 각자의 오빠들 사진이 겹쳐서 인쇄되는 비극이 일어날 때면 그 페이지를 누가 가져갈지 '가위바위보'를 통해 공정하게 결정하곤 했다.

나의 첫 번째 서점이었던 대지서점은 그런 곳이었다. 매달 만화잡지를 사며 만화가의 꿈을 키웠고, 아이돌 잡지의 페이지를 교환하며 친구와의 우정을 키웠던, 내가 유년 시절 무얼 가장 좋아하고 가장 큰 관심사가 무엇이었는지 알고 있는 곳.

그 시절 동네서점처럼 그런 낭만을 이제 독립서점이 대신해 주고 있는 것은 아닐까?

물론 그 시절의 동네서점처럼 종합서점으로 다양한 책들이 반겨주지 않을 수도 있고, 내가 찾는 책이 없을 수도 있다. 하지만 독립서점은 단순히 손님이 책만 고르고 나오는 곳이 아니다. 독립서점에서 진행하는 그림책 수업을 통해 작은 소녀에게 그림 작가의 꿈을 꾸게 할 수도 있고, 북토크를 통해 퇴근 후 지친 직장인의 일상에 활력을 불어넣어 줄 수도 있다. 글쓰기 모임을 통해 소설가를 꿈꾸었던 아이 엄마의 잊었던 꿈을 상기시켜줄 수도 있다. 독립서점에 들어서는 순간, 새로운 여행지에 발을 디딜 수 있는 것이다.

독립서점은 우리의 미래를 재미난 곳으로 데려다준다.

일일호일1 2023. 3
서울 종로구 자하문로52

그래서, 독립서점이 뭐야?

독립서점에 관심을 갖게 된 맨 처음 계기는 편집 일을 하는 친구를 통해서였다. 독립서점 운영과 1인 출판사의 꿈을 갖고 있는 친구와 독립 출간된 몇몇 책들을 읽어보는 과정에서 생각보다 많은 독립서점이 존재하고, 생각보다 많은 사람이 독립출간에 도전하고 있다는 사실을 알게 되었다. 내가 뒤늦게 알게 된 '독립서점'이라는 세계는 책을 사랑하는 사람들의 용기와 도전, 실패, 그리고 삶의 이야기가 가득한 곳이었다.

'독립서점'이 대체 뭐냐고 묻는다면 위키백과의 정의는 이러하다.

"대규모 자본이나 큰 유통망에 의지하지 않고 서점 주인의 취향대로 꾸며진 작은 서점을 의미한다. 서점 주인의 취향이 구비하는 도서의 기준이 되다 보니 서점별로 특정 영역에 특화된 경우가 많다. 일반적으로 독립서점은 하나의 실제 상점으로만 구성되지만, 일부는 다중 상점 형태를 취하는 독립서점이 존재한다. 서점 외에 다른 부서가 있는 대기업이 소유하는 체인 서점과 대조될 수 있다. 독립서점은 기존 서점에서 사용하는 한국 십진 분류표(KDC)를 기준으로 서가를 구분하지 않는다는 특징과 기성 출판사가 아닌 소규모 출판사에서 출판한 독립출판 서적도 판매한다."

그렇기에 각각의 독립서점이 가진 매력과 특색도 천차만별이다. 서점마다 책의 종류와 스타일, 규모, 인테리어도 제각각이다. 그림책만 다루는 서점, 여행책만 다루는 서점, 에세이만, 혹은 외국 원서만 다루는 서점이 있기도 하다. 서점 주인만의 '우주'가 반영된 곳이 바로 독립서점이 아닐까?

각각의 서점이 갖고 있는 이야기를 그리고 싶어졌다. 또한 그 서점들 속에서 나의 우주도 찾아가고 싶었다. 그렇게 독립서점과 나의 이야기가 시작되었다.

그런데 막상 독립서점을 그리려고 보니 어떤 기준으로 그려야 할지 고민이 되었다. 독립서점에 무지한 나는 일단 검색으로 나오는 예쁜 곳, 유명한 곳, 인플루언서들이 많이 다녀간 곳 등을 시작으로 하나씩 그려보기 시작했고, 그렇게 여러 곳을 그리다 보니 어느 순간 이런 생각이 들었다.

"근데 나 책을 좋아했던가?"

책과 담쌓고 살아온 적은 없지만 그렇다고 또 엄청, 막, 되게, 책을 옆에 끼고 사는 사람도 아니었다. 특히 스마트폰이라는 물건을 손에 쥔, 근 10여 년간은 책을 집중해서 읽으려고 해도 자꾸 정신이 흐트러지는 경험을 하곤 했다. 서점을 좋아하지만 그렇다고 서점을 맥주집 가듯 드나들지도 않았고, 오프라인에서 본 책은 기억해 두었다가 온라인 서점에서 구입하는 사람이었다. 그러니까 책을 주기적으로 읽으려고 노력은 하지만, 독립서점을 사랑하는 사람은 아니었다. 독립서점이 멋지고 예뻐 보였지만 아는 것은 별로 없었던 그림쟁이는, 한 곳 한 곳 서점을 그려가면서 점점 더 그곳에 가보고 싶었고, 서점 한편에 앉아 책을 읽고 싶었고, 서점 주인들과 이야기해 보고 싶었다.

그렇게 서서히 독립서점이라는 세계에 빠져들게 되었다.

피톤치드 2023. 4

프로젝트는 달력으로부터 시작되었다

독립서점이 주는 그 따뜻하고 안정감 있는 느낌에 매료되어 한 장 두 장 그리다 보니 내 그림 중 실제 독립서점을 배경으로 그린 그림의 지분이 가장 커지게 되었다.

그림을 본격적으로 그리기 시작한 이후 매년 연말 내 일러스트를 모아 달력을 만들었는데, 첫해에는 취미 삼아 그린 그림을 모아서 작은 크기로 소량만 제작해 지인들에게 선물로 나누어주었고, SNS에서 이벤트를 열어 당첨자 분들께 선물하기도 했다. 다음 해에는 일상 그림 외에 책방 그림도 많이 모여 일상 일러스트와 서점 일러스트 두 가지 버전으로 텀블벅에서 진행해 보기도 했다.

혼자 하는 일이라 쉽지 않았다. 그림만 열심히 그리면 되는 게 아니었다. 제품을 발주하고 시안이 나오면 사진을 촬영해서 텀블벅에 프로젝트를 올리고, 홍보하고 주소를 취합하고 포장재 구입부터 발송까지 모든 것을 해내야 하는 작업이었다.

연말이라 인쇄소 달력 주문이 밀려서 약속한 날짜에 배송하지 못할까 봐 전전긍긍하기도 했다. 그렇게 가슴 졸이는 경험을 한 후에 뭐든 닥쳐서 하면 안 된다는 당연한 교훈을 다시 한 번 되새겼다. 이번엔 꼭 미리미리 하리라 다짐하며 새해가 밝자마자 1월부터 2023년 달력을 계획했다. 이름하여 '독립서점 그리기 프로젝트!' 아무도 관심 없을지라도 나는 진행하기로 했다. 달력은 12장. 서점도 12곳이 필요했다.

2022년 1월부터 모집한 달력 프로젝트는 열화와 같은 성원으로 전국의 독립서점들이 서로 그려달라고 아우성을 치는 기적은 일어나지 않았지만, 소리 소문 없이 조용히 12곳의 신청이 마감되었다.

갈 수 있는 곳은 직접 가보고 사진을 찍은 후에 그 사진들을 토대로 그림을 그렸고, 갈 수 없는 곳은 예쁜 사진들을 직접 받거나 피드에 올라온 사진들을 바탕으로 재구성해서 그렸다. 서점 대표님들의 촬영 실력이 나보다 훨씬 더 좋았기 때문에 사실 직접 가지 않아도 충분히 좋은 그림을 그릴 수 있었다. 하지만 그곳에 꼭 가고 싶은 마음이 있었기에 여건과 시간이 허락하는 한 최대한 많이 가보려고 노력했다. 독립서점을 찾아보는 과정에서 정말 많은 종류와 다양한 개성을 가진 독립서점들이 존재한다는 것을 알게 되었고, 꼭 달력 프로젝트가 아니더라도 그 과정 자체가 나에겐 기쁨이었다.

독립서점이 좋아서 그리다가 달력을 만들게 되었고, 달력 프로젝트를 통해 서점 대표님들과 인연이 되어 다섯 번의 전시까지 이어지기도 했다.
한 치 앞도 알 수 없고, 가끔은 예상치 못한 방향으로도 흐르는 것이 인생이다.

나의 독립서점, '그래더북'

그래더북 1 2023. 3
경기도 성남시 수정구 위례 광장로12 2층 202호

진짜 '동네 책방'을 찾다

독립서점을 돌아다니며 그림도 그리고 기록도 하고 있었지만, '나의' 동네 책방은 아닌 곳들이었다. 대부분 반나절은 시간을 비워두고 미리 스케줄을 정해서 움직여야 하는 곳들이었는데, 집 근처라고 하기엔 살짝 애매한 거리이긴 하나 어쨌든 마음 편히 갈 수 있는 위치에 드디어 독립서점이 생겼다.

방문하기로 마음먹은 날, 아침부터 마음이 좀 설레었다. 며칠 후면 아이의 여름방학이 시작될 예정이었기에, 방학 전 약간의 시간적 여유가 있을 때 혼자 가보고 싶었다. 평소보다 서둘러 아이들을 챙겨 학교에 보내고, 말끔하게 외출 준비를 하고 집을 나섰다.

아파트 상가 건물 2층에 있는 서점. 지하에 주차하고 엘리베이터를 타고 야외로 빠져나왔다가 서점으로 들어가는 구조다. 조심스레 유리문을 열고 들어가 본다. 입구에서부터 큐레이션 된 책들이 보기 좋게 진열되어 있다. 아는 책도 있고, 모르는 책도 있고, 알아가는 중인 책도 있다. 아이들 책의 비율이 높다는 것이 다른 독립서점과의 차별점이다. 아이들의 흥미를 끌 만한 그림책들, 무려 포켓몬 도안책도 구비되어 있다.

주제를 갖고 나뉘어 있는 책 중에서 글쓰기 모임에 관한 책이 눈에 들어온다. 책 한 권과 커피 한 잔 값을 지불하고 창밖 풍경이 잘 보이는 곳에 자리를 잡는다. 점심시간이 막 지났을 뿐인데 시험 기간인지 교복 입은 학생들이 거리의 풍경을 채운다.

근처에 생긴 서점이 너무나 반가운 나에게는 한 번 가고 마는 곳이 아닌, 날이 좋으면, 비가 오면, 쌀쌀해지면 그냥 문득 생각나서 찾아가는 그런 곳이 되었으면 한다. 휴식과 위안을 주는 그런 존재로 자리 잡았으면 좋겠다.

그렇게 '나의' 동네 책방과의 인연이 시작되었다.

마음 편히 갈 수 있는 위치에 드디어 독립서점이 생겼다.

방문하기로 마음먹은 날,

아침부터 마음이 좀 설레었다.

그래더북 2 2022. 10

목요일 저녁 7시, 글쓰기 모임

일단 근처에 독립서점이 생겼고, 이곳이라면 집중해서 글도 쓰고 그림도 그릴 수 있을 것 같은데 오다가다 그냥 들어갈 명분이 없다. 서점 대표님은 언제든 편하게 왔다 가라고 하셨지만, 카페처럼 커피 한 잔 시켜 놓고 한두 시간 머무르기는 민폐인 것 같고, 그렇다고 방문할 때마다 책을 구입하는 것도 부담이다.

'자꾸 가도 될까?'

뭐, 작업할 곳은 많다.

일단 가장 집중이 안 되는 집이 있다. 나름 청소하면 쓸 만하다. 하지만 긴장감이라고는 1도 느껴지지 않는 '마이홈'에는 곳곳에 집안 일거리가 도사리고 있다. 지뢰밭이다.

그다음으로는 집 앞 '스터디카페'가 있다. 강의 영상을 시청할 때나 그림 그릴 때는 이만한 곳이 없다. 집중은 잘되지만 타자 칠 일이 많다면 얘기가 달라진다. 눈치가 보이기 시작한다. 조용히 해달라는 쪽지가 날아올지도 모른다는 긴장감을 안고 치게 된다.

그다음은 '카페'다. 집 근처에 대략 5개의 카페가 있지만 앉아서 작업을 할 만한 카페는 한 곳. 타자 치기도 좋고 눈치도 안 보이는 곳이지만 오래 앉아 작업할 만한 공간은 아니다. 그 외에 매주 도서관에서 글쓰기 모임을 하고 있지만 이곳도 주 1회만 사용할 수 있는 제약이 있다. 꾸준히 글을 쓰기 위해 글쓰기 모임을 시작했고, 이제 어느 정도 루틴은 생겼으나 여전히 어디서 글을 써야 할지 고민하는 글쓰기 유목민인 나였다.

그러던 중 오다가다 그냥 들어갈 명분이 없던 바로 그 동네 책방, '그래더북'에서 글쓰기 모임을 진행한다는 인스타그램 피드를 접했다.

그런데 시간이 애매하다. 목요일 저녁 7~9시.

아이를 키우는 입장에서 가장 바쁜 저녁 시간이라 망설여

졌지만, 그래도 한번 가보기로 했다. 일주일에 한 번, 도서관에서 하는 글쓰기 모임도 방학이 시작되면서 제대로 나갈 수 없는 상황이었고, 평일 낮, 나만의 시간이 부족하던 참이었다.

일주일 중 하루 2시간만이라도 온전히 글에 집중하고 싶다고 하니 신랑은 기꺼이 이해해주었다. 다 저녁에 어디 가냐고 묻는 아이들에게는 서점에 가서 글을 쓰고 오겠다고 설명했으나, 왜 거기서 쓰냐며 딱히 이해가 안 된다는 표정을 지었다. 그래도 별말없이 잘 다녀오라고 손을 흔들어 주었다.

그렇게 도착한 서점에 대표님과 나 둘뿐이다. 아무도 안 온다.

뭐, 일단 패드를 꺼내놓고 뭐라도 쓰기 시작한다.

쓰다 보니 엄마와 8~9세쯤 되어 보이는 남자아이가 함께 들어온다.

아이에게 책을 읽고 있으라고 조용히 이야기하고 아이 엄마도 아이패드를 꺼내서 글쓰기 작업에 집중한다. 서점엔 적막이 흐르고 셋은 작업을 하고 아이는 책을 본다. 또 얼마의 시간이 흐르고 마지막으로 한 사람이 들어온다. 낮에 서점을 운영하시는 운영자님이다(대표님과는 친구 사이이고 낮에는 친구분이, 저녁에는 대표님이 운영하신다는 걸 나중에 알게 되었다).

엄마와 함께 왔던 아이는 곧 퇴근한 아빠가 데려갔고, 서점에는 온전히 넷이 남았다. 스피커에서 흘러나오는 잔잔한 클래식 음악과 함께 노트북 자판을 치는 소리와 책장 넘기는 소리만 공간을 채운다. 이제 이렇게 넷이 매주 만나서 조용히 글을 쓰게 될 것 같은 기분 좋은 예감이 들었다.

아이를 키우는 입장에서

가장 바쁜 저녁 시간이라 망설여졌지만,

그래도 한번 가보기로 했다.

그래더북 3 2023. 4

초면인 사람들에게서 위로받다

박민영, 서강준 주연의 드라마로도 만들어졌던 『날씨가 좋으면 찾아가겠어요』(이도우, 시공사)라는 소설 속에서 남자 주인공 은섭은 '굿나잇책방'이라는 독립서점을 운영한다. 그곳에 모여 독서 모임을 하는 사람들의 이야기를 접하면서, '아, 동네에 이렇게 위로받을 수 있는 공간이 있다면 얼마나 좋을까?' 막연하게 소원했던 적이 있다. 그 느낌이 대체 뭘까 가끔 궁금했지만, 그 책을 접했던 3년 전 우리 동네는 우리 아파트 외엔 아무것도 없는(심지어 도로조차도 만들고 있었던) 개발 중인 동네였고, 독립서점은커녕 카페 하나 없는 황무지 같은 곳이었다. 편의점 하나 카페 하나가 들어올 때마다 환호성을 질렀던, 그러니 독립서점은 '사치 오브 더 사치'

인 그런 동네였다.

3년이라는 인고의 시간을 버텨내고 이제 동네엔 병원, 학원, 카페, 한의원, 마트, 헬스장 등 없는 것이 없이 들어섰다. 하지만 독립서점은 여전히 없다. 독립서점은 이윤을 추구하기보다 진심으로 좋아서 운영하는 경우가 더 많아 공실률도 높고 임대료 비싼 신도시에 들어서기엔 위험한 업종일 수 있다. 그래서 일주일에 한두 번 찾아가기에 부담스럽지 않은 거리에 독립서점이 생겼다는 것은 나에게 선물과도 같은 소식이었다. 누구나 존재만으로도 위로받을 수 있는 그런 공간 하나쯤 마음에 품고 있지 않을까? 나에겐 그런 곳이 독립서점이었으면 했다.

그 독립서점에서 글쓰기 모임을 진행한다고 하니, 일단 가봐야 했다. 글쓰기 모임은 말없이 각자의 작업을 하다가 20분쯤 남겨두고 그날 자신이 쓴 내용에 관해서 이야기하는 방식이었다. 초면에 자기소개도 없이 나의 내면에 관해서 이야기해야 한다니 거참 떨리는 일이 아닐 수 없었다.

먼저 서점 대표님께서 이야기를 꺼내신다. 대표님은 두 권의 책을 낸 현직 작가였고, 퇴사 후에 서점을 여는 과정에서 있었던 다양한 이야기들을 쓰고 있다고 하셨다. 대표님의 이야기를 듣는 동안 다음 순서를 기다리며 긴장하는 이가 있었으니 바로 두 번째로 도착한 나였다. 딱히 쓴 것도, 할 이야기도 없는 것 같은데 무슨 얘기를 해야 하나 심각하게 고민했다. 그런데 그곳은 이상하게 뭐든 말하게 되는 마성의 공간이었다. 정신을 차려보니 나는 독립서점을 그리고 있다는 이야기부터 최근 출간 기회를 놓쳤다는 이야기까지, 요즘 나에게 있었던 일들을 술술 이야기하고 있었다.

그렇게 잠깐 이야기를 쏟아내는 동안 내 목소리를 경청하는 세 사람을 보며 눈물이 날 뻔했다. 그냥 '다 괜찮다'라는 눈빛으로 나를 바라봐주는 사람들. 초면인 사람들에게서 위로받는 순간이었다.

내가 독립서점에서 받고 싶었던 느낌은 아마도 이런 게 아니었을까?

아마도, 나
매주 여기 올 것 같다.

그래더북 4 2023. 4

사소하지만 감동적이고,
별거 아닌 듯하지만 크게 신경 쓴

처음 독서 모임에 갔던 날 대표님께 책방 명함을 받았다.

'아, 그러고 보니 나도 명함이 있었지?'

명함이 들어 있는 지갑을 꺼내서 뒤적거려본다. 이게 사실 지갑이라고 하기엔 상당히 애매한, 잡동사니가 뒤섞여 있는 공간이다. 카드 하나 찾는 데 30초가 걸릴 때도 있는 블랙홀 같은 지갑인데 그곳에 뒤엉켜 있던 명함이 멀쩡할 리가 없었다. 겨우 찾아서 꺼내 보니 테두리가 더럽기 그지없다. 이것도 명함이라고 차마 드릴 수가 없어서 일단 살포시 다시 집어넣었다.

두 번째 독서 모임에 가는 날이었다. 그때 지저분해서 못

드린 명함이 생각났다. 책상 한구석에 올려놓은 명함 상자에서 깨끗한 명함 하나를 꺼냈다. 그 옆에, 비닐에 한 장 한 장 곱게 포장해 두었던 내 그림엽서들이 눈에 띄었다. 독서 모임 하는 세 분께 나눠 드려야겠다는 생각으로 집어 들었다.

'뭐…… 서점 그림이니 딱히 싫어하진 않으시겠지?'

글쓰기 시간이 다 끝나고 오늘 썼던 것에 관해 이야기하며 내 엽서를 슬쩍 꺼내 놓았다. 근래 본 리액션 Top 5에 들 만큼 기뻐해 주는 글쓰기 동지분들. 원래 두 장씩 드리면 되겠다 하고 가져왔는데, 책방에 진열하면 좋겠다는 의견이 모아져 엽서는 책방에 몰아주는 분위기가 되었다.

일주일 후 방문한 서점에서 나는 또 한 번의 큰 위로를 받았다. 문을 열고 들어가면 보이는 왼쪽 벽면에 패브릭 천을 덧대어서 내 엽서들과 명함이 예쁘게도 진열되어 있었다.

'아, 그렇구나. 동네 책방이 주는 따뜻함이 이런 것이구나.'

사소하지만 감동적이고, 별거 아닌 듯하지만 크게 신경 쓴 마음.

그냥 그 자리에 있다는 것만으로도 힘이 되어 주는,

공간이 주는 위로.

나는 그림 그리는 사람이다. 딱히 유명하진 않다. 아니, 사실 무명이다. 그래도 쉬지 않고 그리는 중이다.

글도 쓰는 사람이다. 책이 한 번 엎어진 후부터 더 제대로 쓰고 싶다는 생각이 간절하게 들었다. 이것저것 닥치는 대로 읽고 있지만, 읽으면 읽을수록 현타를 느낀다. 세상에 이렇게 잘 쓰는 사람들이 많은데 내 실력으로 대체 뭘 쓰려고 한 거지? 그림도 애매한데 글은 더 애매했구나. 애매하지 말자. 그러려면 계속 쓰는 수밖에 없다.

오늘도 동네 책방에 간다.

독립서점 여행기

서점 리스본 2022. 4
서울 마포구 성미산로23길 60

눈부신 날,
서점 리스본

상암동에서 일 때문에 미팅이 있던 날, 미팅 담당자님께 근처 추천해 주실 만한 독립서점이 있나 여쭤보았다. 그냥 집으로 가기엔 날이 너무 좋았고, 왔던 길이 아까울 만큼 집에서 너무 멀리 왔기 때문이었다. 연남동에 '서점 리스본'이라는 독립서점을 추천받고, 아주 살짝 헤맨 끝에 버스로 열 정거장쯤 지나 연트럴파크에 입성했다. 건물과 나무가 만들어낸 그림자들이 완벽한 조화를 이루는 햇살 가득한 봄날의 오후에.

독립서점을 다니다 보면 그 규모와 주제가 천차만별이다. 어떤 서점은 종합서점을 방불케 할 정도로 다양한 주제를 다루고 있고, 어떤 서점은 작은 공간에 한 가지 주제로만 꾸며져 있기도 하다. 사전 정보 없이 바로 건물 사진과 지도로만 찾아갔던 곳이라 어떤 책이 있는지 어떤 규모인지도 모른 채로 갔는데, 눈부신 날 마주한 연남동의 독립서점, 서점 리스본은 마치 실제 포르투갈 리스본의 어느 골목에 온 것 같은 착각을 불러일으킬 만큼 이국적이었다. 서점 앞 야외 테이블에 앉아 있으면 포르투갈 사람들의 한이 담긴 파두가 잔잔히 흘러나올 것만 같은.

서점 리스본은 무려 3층짜리 단독 건물이다. 1층은 문학 위주로 큐레이션 되어 있고, 2층은 생일책과 비밀책, 전집류와 잡지를 판매한다. 3층은 주말에만 열리는 공간이라 올라가 보지 못했는데 '책 상담' 공간이다. 1층 입구로 들어서자 매대에 질서 있게 진열해놓은 책들에 먼저 시선이 갔다. 독립서점은 운영자의 취향이 적극 반영되는 공간이라, 내가 평소 관심을 두지 않았던 분야의 책들로 채워져 있을 때면 낯설게 느껴질 때도 있는데, 이 공간은 이미 익숙한 베스트셀러들과 초면이지만 끌리는 책들이 적절히 섞여 있어서 안정감이 느껴졌다.

건물 밖 철제 계단을 따라 2층으로 올라가면 서점 리스본에서만 만날 수 있는 '생일책'들이 책장 가득 꽂혀 있다. 생일책은 말 그대로 자신의 생일과 관련된 책인데(생일이 같은 작가가 쓴 책, 같은 날 태어난 인물에 관한 책, 초판 발행일이 같은 책) 뜯어보기 전까지는 어떤 책인지 알지 못하기에 더욱 흥미로웠다.

내 생일이 있는 7월에 다시 방문해서 나에게 생일책을 선물하는 상상을 하며 다시 1층으로 내려와 서가를 찬찬히 둘러보았다. 내 시선은 중앙에 진열된 책들을 지나 자연스럽게 카운터 오른쪽에 촘촘하게 꽂혀 있는 책장으로 이동했고, '서점 사장님들이 쓴 책들'이 큐레이션 된 코너에서 멈추었다. 그 많은 책 사이에서 평소 관심 있었던 속초 동아서점 사장님이 쓴 책 『당신에게 말을 건다: 속초 동아서점 이야기』를 발견했다. 동아서점에 대해 평소 궁금하기도 했던 터라 더 눈에 띄기도 했겠지만, 슬쩍 펼쳐 본 책 내용 또한 흥미를 일으키기 충분했다.

『당신에게 말을 건다』를 구입하고, 야외 테라스에 앉아 책을 펼쳤다. 때마침 길고양이 한 마리가 근처를 어슬렁거리다가 자기 얼굴을 한 번 비비고 사라진다. 햇살이 너무 좋다. 눈이 부셔서 책의 글씨가 제대로 안 보일 정도다.

딴생각이 들기 시작했다. 아까 지나면서 본 생면 파스타집 야외 테이블에서 파스타를 먹어야겠다는 생각. 그렇게 겨우 몇 장을 읽다 책장을 덮고 바로 서점 리스본에서 골목을 돌아가면 있는 파스타집의 야외 테이블에 자리를 잡고 바질 파스타를 주문했다. 야외 테이블에서 먹으면 식기를 직접 반납해야 한다고 했지만, 골목 풍경을 배경 삼아 한 끼 식사를 할 수 있다면 기꺼이 감내할 만한 수고로움이었다. 주문한 음식이 나왔고 포크로 돌돌 말아 한입 가득 입안에 채워넣었다. '와, 맛있다.' 생맥주 한 모금이 간절했다. 하지만 버스 타기 전 공영 주차장에 세워둔 차가 생각나 참아야만 했다. 사이다를 주문했다. 비록 알코올은 아니었지만 사이다로도 완벽히 만족스러운 식사였다.

'완벽한'이라는 말을 쓸 수 있는 것은 날이 좋았고, 미팅이 좋았고, 서점이 좋았고, 서점에서 산 책이 좋았고, 야외 테라스가 좋았기 때문일까? 긴 여운이 남는 하루였다.

집으로 돌아와 『당신에게 말을 건다』를 단숨에 읽었다. 그저 서점을 운영하는 이야기인데 왜 눈물이 나고 난리인가.

이번 주말에 속초에 갈 핑곗거리를 생각해본다.

『당신에게 말을 건다』를 구입하고,

야외 테라스에 앉아 책을 펼쳤다.

때마침 길고양이 한 마리가 근처를 어슬렁거리다가

자기 얼굴을 한 번 비비고 사라진다.

햇살이 너무 좋다.

순정책방 2022. 4
서울 강동구 동남로65길 15-5

명일동 주택가 골목 책방,
순정책방

코로나 격리만 끝나면 독립서점을 시간 날 때마다 직접 방문해야겠다 생각했는데, 나에게도 코로나 후유증이 올 줄 몰랐다. 무리한 것도 없이 먹고 자고만 했는데 입술 포진이 올라왔다.

입술 포진과의 질긴 인연의 시작은 5년 전으로 거슬러 올라간다. 둘째를 낳고 이 몸뚱이로 살면 안 되겠다는 생각이 들어 다이어트를 결심했는데, 아이를 보면서 운동하기란 쉽지 않았다. 나는 독하게도 아주 소량만 먹고, 공복을 유지하는 방법을 선택했다(나중에 알고 보니 내가 한 방법이 간헐적 단식이더라). 그렇게 단식으로 인한 영양부족에 시달린 결과 입술 포진이라는 것을 함께 얻었다. 한번 생긴 포진은 피곤하면 주기적으로 나를 찾아온다. 보통 스멀스멀 올라올 것 같은 기미가 보이면 알약 한 알을 먹고 항바이러스 연고인 '아시크로버'를 잔뜩 바른다. 그럼 포진이 올라오려다가도 다시 들어가는데, 코로나로 면역체계에 문제가 생겼는지 분명 나의 노하우대로 예방했는데도 입술 포진은 들어가지 않고 나의 입술을 점령해버리고 말았다. 포진이 생긴 나의 얼굴은 차마 눈 뜨고 볼 수가 없다. 둘째의 말을 빌리자면 '엄마 못생겼어' 상태이다.

그리고 아무것도 안 한 것 같은데도 그냥 졸리고 피곤하다. 코로나 격리 기간보다 더 피곤한 느낌적인 느낌이었다. 원래 계획대로라면 안국, 홍대, 마포, 서교동 등 독립서점들이 모여 있는 동네로 책방 여행을 떠날 예정이었는데 내 체력이 도저히 버티지 못할 것 같아 집에서 가까운 서점부터 가보기로 했다.

멀지 않은 거리에 호기심을 자극하는 서점이 있다.

명일동 주택가에 위치한 '순정책방'.

내비게이션을 찍어보니 20분이 나온다. 골목 주차가 걱정되긴 하지만 어쩐지 평행주차가 가능할 것만 같은 컨디션이다(느낌은 느낌일 뿐, 주차할 곳을 찾지 못해 골목을 세 바퀴나 돌았다. 순정책방 방문 시에는 대중교통을 추천한다).

무사히 도착했다는 기쁨에, 들어가기 전 서점 전경부터 촬영했다. 어느 서점 운영자가 쓴 글에서 본 구절인데, 관광객은 들어올 때부터 구별이 가능하다고 한다. 입구에서 사진부터 찍으면 십중팔구는 관광객이란다. 나는 그렇게 관광객 티를 내며 명일동 주택가 골목의 작은 책방에 입장했다.

아기자기했다. 책의 종류는 많지 않았지만, 사장님만의 이야기가 확실해 보이는 서점이었다. 많은 독립서점들이 서점에서 음료를 팔거나, 클래스를 열거나 하는 방식으로 운영 자금을 충당한다. 이 순정책방은 예약 방문 시 '짜이 차 제공(겨울 한정)', 스페인어 수업, 동화책 쓰기 모임 등의 소모임을 운영하고 있었다.

마침 스페인어가 한 자리 비었다고 영입 제안(!)을 해주셨지만, 아이가 있는 나에게 평일 저녁은 아무래도 힘든 시간이다(스페인을 한 달 넘게 여행했음에도 스페인어를 하나도 모른다는 것을 들키는 것도 곤란했고).

모두의 시간을 맞추기란 정말 어렵다. 직장인들에게는 퇴근 후의 저녁 시간이 좋고, 육아하는 이들에게는 평일 낮 시간이 좋기에 모두가 만족할 만한 시간을 정하는 것이 가장 어려운 문제라고 하셨다. 작은 서점엔 나와 사장님 둘뿐이었고, 조심스레 궁금한 것들을 몇 가지 여쭤보았다. 사장님은 2년을 넘기기 쉽지 않은 독립서점의 세계에서 무려 5년을 지켜내고 계셨고, 2km 정도의 거리에 집이 있어서 자전거로 출퇴근을 하신다고 하셨다. 평소엔 괜찮지만 오늘처럼 흐리고 추운 날엔 자전거를 갖고 나온 것을 후회한다고도.

독립서점은 모두 각각의 이야기가 있는 공간이다. 순정책방에 진열된 책들에서 여행, 언어, 동물, 채식 등 몇 가지 공통된 주제가 보였다. 사장님은 여행을 사랑하는 스페인어 능력자이자 동물을 사랑하는 채식주의자가 아닐까? 서가를 보며 내 멋대로 순정책방의 이야기를 상상해보았다.

서점 운영자들은 아주 오래전부터 책과 글과 사람을 사랑했을 것이다. 서점을 열어야겠다고 결심한 후에는 이 동네 저 동네 뒤져가며 적당한 장소를 찾아냈을 것이고, 그 공간을 착실하게 채워갔을 것이다. 서점이라는 공간을 채우는 것은 책이지만, 결국 서점을 이끄는 원동력은 사람이다. 어느 날은 택배기사와 고양이가 서점 방문객의 전부였을 수도 있지만, 시간이 쌓이고 쌓여 단골이 생기기 시작하고 점차 이 공간을 사랑하는 사람들로 온기가 가득 채워졌을 것이다. 순정책방의 사장님 또한 책방을 사랑하는 사람들과 함께 그 5년을 단단히 지켜내신 것이 아닐까?

서가 안쪽으로는 좌식으로 된 독립 공간이 있는데 벽면 가득 그림책이 채워져 있고, 중앙에 자리한 테이블 위에는 맥주 세 캔이 얌전히 놓여 있다. 2시에 있을 글쓰기 모임의 준비를 해놓으신 모양이다. 상온 맥주의 맛을 아시는 진정한 고수라는 생각을 속으로만 해본다.

사장님께 추천받은 책 하라다 히카 작가님의 『낮술』과 내가 고른 책 박세영 작가님의 『여행하는 부엌』을 사서 돌아왔다(이때 상당히 배가 고파서 끌렸던 모양이다).

가만히 생각해보니 스페인 여행을 할 때 생존을 위해 사용했던 단어 몇 개가 생각나는 것 같기도.

맥주(Cerveza), 와인(vino), 얼마예요?(Cuénto es?)

스페인책방　2022. 5
서울 중구 퇴계로36길 29 기남빌딩 302호

오후 2시, 충무로 2번 출구에서 스페인으로, 스페인책방

이게 최선의 표현인지는 모르겠지만 정말 기가 막힌 봄날이었다. 오늘의 목적지는 스페인 원서와 여행책들이 가득하고, 창밖으로 N서울타워가 보이는 '스페인책방'. 먼저 경복궁역에 들러 평소 가보고 싶었던 서점들을 둘러보는데도 스페인책방은 오후 2시 오픈이라 충무로역에 도착해서도 1시간 가량 주변을 배회해야 했다(남산 한옥마을이 바로 근처에 있으니 코스로 둘러봐도 좋을 듯하다). 그렇게 기다리던 2시가 되고 스페인책방에 도착했지만, 문은 굳게 닫혀 있었다.

조금 기다려보다 사장님께 전화를 드렸는데, 지금 가고 있다며 단골도 아닌 내게 갑자기 도어록 비번을 알려주셨다. 나는 그렇게 처음 가보는 서점의 오픈 조가 되어 아무도 없는 서점 문을 열고 들어가는 영광을 누렸다. 얼마 지나지 않아 사장님이 출근한 후에야, 나는 불도 켜지 않고 커튼도 걷지 않고 있었음을 알아차렸다.

정적인 공간에서 흘러나오는 남미 음악이 이국적인 서점 풍경과 묘하게 잘 어울린다. 창밖으로 N서울타워와 한옥 기와들이 보인다. 이곳, 감성 한도 초과다.

뜬금없이 고백하자면 나의 첫 해외 여행지는 스페인이었다.

4년쯤 다녔던 첫 직장에 사표를 내며 회사에 뭐라도 이유를 얘기해야 할 것 같아서 해외여행을 간다고 했다. 일단 말을 꺼냈으니 여행을 가야 할 것 같았고, 그렇게 선택한 해외 여행지가 그 당시 가장 궁금했던 스페인이었다. 종교적인 신념이 있어서도 아니었고, 스페인이라는 나라가 좋아서도 아니었고, 당시엔 해외여행에 대한 로망도 없었던 상태였다. 그런데 왜 하필 스페인이냐고 묻는다면 나는 그 당시 '파울로 코엘료'의 소설에 빠져 있었고, 그의 책마다 등장했던 '산티아고 순례길'이 너무나 궁금해서였다.

800km의 길 위에서 펼쳐질 일들이 궁금했다. 그곳에서 나의 인생 2막에 대한 답을 구할 수 있을 거라 막연히 생각

했다(막상 걷게 되면 인생에 대해 근원론적 질문을 던질 시간은 없고, 오늘 어디서 자는가, 오늘 저녁은 뭘 먹나에 집착하는 자신을 발견할 수 있다). 짧은 준비 기간이었지만, 당시 나와 있던 산티아고 관련 책과 가이드북은 거의 다 읽어보았다. 그렇게 줄이기 힘들다는 배낭 무게도 최소한으로 줄이고 줄여서 5.5kg으로 만드는 신공도 보였다. 그 길을 걸으며, 어떤 날은 마음 맞는 새 친구를 사귀어서 웃었고, 어떤 날은 너무 외로워서 울었고, 또 어떤 날은 술에 취해 걸었다. 거의 매일 맥주와 와인을 마시고 기름진 식사를 했고, 그 덕에 800km를 걸었음에도 살이 1g도 안 빠지는 기적을 경험했다.

딱히 좋아해서 갔던 스페인은 아니었지만, 걷다 보니 결국 사랑할 수밖에 없었던 스페인.

그중에서도 가장 좋았던 마을은 800km의 행군, 아니 여행이 끝나고 3일간 머물렀던 땅끝마을 '피니스테라'였다. 더 이상 걷지 않아도 되고, 이제 다 끝났다는 생각에 온몸의 긴장이 풀려서 이틀을 고열과 몸살에 시달렸다. 여기서 살아서 한국에 돌아갈 수 있을까 싶을 정도로 정말 호되게 앓았다.

그럼에도 불구하고 오롯이 혼자가 되어 바라봤던 피니스테라의 바닷가가 가장 아름다운 기억으로 남아 있다. 그 여행 이후로 다시 스페인을 여행한 적은 없지만, 그때 길 위에서 만났던 인연들과는 아직도 연락을 주고받고, 그 길 위에서 먹었던 음식들이 생각날 때마다 가끔씩 그 요리들을 만들어보곤 한다.

내가 잊고 있었던, 혹은 짧은 여행으로는 미처 잘 알지 못했던 스페인이라는 나라. 스페인책방에서 그 추억을 다시 한 번 마주했다.

스페인 여행을 떠나고 싶다면,

일단, 오후 2시 충무로역 2번 출구에서 만나요.

정적인 공간에서 흘러나오는 남미 음악이

이국적인 서점 풍경과 묘하게 잘 어울린다.

창밖으로 N서울타워와 한옥 기와들이 보인다.

이곳, 감성 한도 초과다.

일일호일 2 2022. 5
서울 종로구 자하문로52

어쩌면 매일매일 건강하기란,
일일호일

'독립서점 그리기' 프로젝트에 참여해주신 서점들을 시간
이 허락하는 한 최대한 직접 찾아가 보려고 한다.

5월의 어느 날, 아이가 가장 늦게 오는 화요일에 평소 가
보고 싶었던 경복궁역의 서점과 골목들을 둘러보기로 마음
먹었다. 경복궁역 3번 출구로 나와 10분 정도 천천히 걷다
보면 통인시장 종로구 보건소 정류장 앞에 자리 잡고 있는
한옥 서점 '일일호일'을 만날 수 있다.

이곳은 독립서점인 동시에 건강카페이기도 하다. '매일매
일 건강하기'라는 뜻이 있는 일일호일의 노란색 작은 간판이
한옥과 잘 어우러진다. 건강카페답게 커피 메뉴 외에도 '어

린 쑥 라떼'나 '유기농 미숫가루', '제주 청귤차' 등 일일호일만의 스페셜 건강 음료들도 맛볼 수 있다.

문을 열고 들어서면 보이는 카운터를 기준으로 왼쪽으로는 카페 테이블, 오른쪽으론 서가가 자리 잡고 있는데, 엄선된 책들이 정면을 바라보며 반듯하게 진열되어 있다. 건강 관련 서적 큐레이션도 잘 되어 있고, 진열된 책들을 보며 차를 마실 수도 있다. 서가를 지나 조금 더 안쪽으로 들어가면 모임이 가능한 독립된 공간이 있고, 창밖으로는 중정이 보인다. 한옥답게 어느 곳 하나 단정하지 않은 곳이 없는데, 이 아담하고 아름다운 공간을 더욱 사랑스럽게 만드는 것은 마당이었다. 앞마당의 감나무, 뒷마당의 배롱나무, 꽃 대나무 등 아기자기 꾸며진 공간들에 앉아 있으면 절로 건강해질 것 같다.

나도 이제 점점 나이가 들어가고 있고, 20대의 건강한 몸으로 돌아갈 수는 없다. 아플 일만 남은 나이가 되어가고 있고, 몸과 더불어 마음도 때때로 아프다.

나는 스트레스에 꽤 취약한 사람이었는데, 내가 받는 스트레스의 주된 원인은 인간관계에서 오는 피로감인 경우가 다

반사였다. 상대에게 좋은 마음으로 베푼 호의가 행복감으로 돌아오지 않았을 때 서운함이 쌓이면서 우울증이라는 것이 찾아왔었다.

하지만 곧 알게 되었다. 그들은 나에게 그게 무엇이든 베풀어달라고 한 적이 없었으며, 내가 좋아서 일방적으로 베풀어놓고 조금이라도 돌려받기를 은연중에 원하고 있었던 것이다. 그 사실을 깨달은 후에야 나는 그 우울감에서 빠져나올 수 있었다.

나는 아직도 여전히 인간관계가 어렵고 서툴지만, 상처받는 인간관계는 하지 않게 되었다. 나 자신과 나를 아껴주는 사람에게 집중하기에도 인생은 너무 짧다는 것을 이제는 안다. '일일호일', 어쩌면 '매일매일 건강하기'란 '매일매일 나를 사랑하기'가 아닐까?

며칠 후 서점 측에서 달력 그림에 참고할 만한 사진들을 몇 장 보내주셨다. 5월의 일일호일의 모습을 눈에도 마음에도 한가득 담아왔음에도 내가 보지 못한 겨울의 모습에 또 한 번 반한다. 눈 내리는 풍경이 너무 좋아서 겨울의 일일호일을 그려본다.

마이리틀앤 2022. 8
경기 하남시 덕풍북로251번길 22

누구나 마음속에 '앤' 하나쯤 품고 살지 않나요?
마이리틀앤

처음이었다.

밥 한 끼 하자고 서점으로 놀러 오라고 하신 분은.

아니, 그전에도 가끔 그렇게 말해주시는 분이 있긴 했으나 정말 그래도 될까 생각만 했다. 그런데 이번엔 한번 가봐도 괜찮지 않을까 하는 생각이 들었다. 그런 생각이 든 것도 처음이었다.

올 초 '마이리틀앤' 서점을 '독립서점 그리기' 목록에 적어 놓고 반년이 넘는 시간이 흐른 후에야 그림을 완성하게 되었다. 서점 그림을 그리며 가장 기쁜 순간 중 하나는 서점 SNS 계정에 내 그림을 다시 올려주실 때이다. 마이리틀앤 대표님도 시간이 너무 흘러 잊고 계시다가 내 그림을 보시고 좋게 봐주셔서 SNS 계정에 올려주셨고, 밥 한 끼 사주신다고 서점에 한번 놀러 오라고까지 말씀해주셨다. 인사치레가 아닌 진심이 느껴졌기에 그 말을 잊지 않고 고이 간직하고 있었고, 그 만남이 드디어 이루어졌다.

대표님은 10시 30분 나의 도착 시간에 맞춰 서점 문을 오픈하고 기다리고 계셨다. 마이리틀앤은 아담하고 아늑한, 내가 생각한 독립서점의 모습 그 자체였다.

책방이 위치한 곳은 택지로 개발된 지구라 한적하고 예쁜 동네였으나, 이곳 역시 코로나라는 녀석을 피해 갈 수 없었는지 주변 상가 중 비어 있는 곳들이 더러 있어 적막한 느낌이 들었다. 동네책방들이 책만 팔아서는 이윤을 남길 수 없고, 월세를 지불할 수 없다는 이야기를 많이 접한다. 하지만 오히려 마이리틀앤은 주택 단지의 강점을 잘 활용하셨다. 코로나로 인해 아이들이 학원에 갈 수 없게 되자, 소수 인원만으로 운영되는 독서 논술 모임 등을 진행하며 슬기롭게 헤쳐 나가셨다. 또한 늘 서점에 상주할 수 없기에 예약제로 바꾸고 탄력적으로 운영하며 서점을 놓지 않기 위한 에너지를 비축하셨다. '일'과 '나' 사이의 균형을 찾아가는 일. 어렵지만 꼭 필요한 작업이다.

　서점 인터뷰인 듯 아닌 듯, 서점 이야기에서 나의 그림 이
야기……. 그러다 각자의 인생과 교육관, 가치관까지 이야
기는 흘러 흘러갔다.

　대표님의 살아온 이야기와 앞으로의 계획들, 모든 이야기
가 하나하나 다 흥미로웠다. 삶의 길 위에서 겪은 도전과 실
패의 경험을 아낌없이 내어주고, 내가 가는 길의 방향을 제
시해주기도 하셨다. 이런 분들을 만나면 나라는 작은 배에
게 잘 따라오라고, 잘하고 있다고 응원해주는 등대 같다는
느낌을 받는다. 내 이야기를 너무 경청해주시는 통에, 초면
에 주린이 주제에 미디어 주식에 꽂혀 투자했다가 제대로
물린 내 상황까지 고백하게 되었다. 욕실 수도 수리를 받아
야 해서 2시까지 집에 돌아와야 했기에 망정이지, 눈치 없이
몇 시간이고 대표님을 귀찮게 할 뻔했다.

　내가 살아보고 싶던 삶을 누군가는 지금 살고 있다. 내가
가는 길이 틀리지 않았다고 응원해주기도 한다. 내 마음속
에 품고 있는 '작은 앤'을 응원해주는 사람들. 그들은 멀리
있지 않았다.

서행구간   2023.1
경기 광주시 퇴촌면 천진암로596 1층

108

어른에게도 어른이 필요해, 서행구간

일러스트 외주 마감이 얼마 남지 않은 어느 날이었다. 아이 겨울 방학과 겹쳐서 작업할 시간이 빠듯한 상황이었다. 병원 입원 같은 불가피한 경우를 제외하고는 아이들을 양가에 긴 시간 맡겨본 적이 없었는데 처음으로 아이들을 친정으로 보냈다. 총 5박 6일이라는 긴 시간이었다. 일주일 치 학원 보강이 두려웠지만, 마감 날짜를 맞추기 위해선 선택의 여지가 없었다.

아이들 끼니 걱정으로부터 해방이라니! 학원 라이딩을 하지 않아도 된다니! 중간중간 작업 흐름의 끊김이 없이 온전히 하루 종일 그림만 그리는 신기한 경험을 했다. 너덜너덜해진 손목에 파스까지 붙여가며 작업했지만, 행복했다. 시안을 넘기고 나니 이제 아이들을 데려와야 하는 주말이 되어버렸고, 나에겐 딱 반나절의 여유 시간밖에 남지 않았다. 허투루 보내고 싶지 않은 소중한 반나절이었다. 평소 하고 싶었던 것들을 생각해보았다. 그때 불현듯 생각난 것이 경기도 광주시 퇴촌면에 위치한 독립서점 '서행구간'이었다.

3년 전 여름, 퇴촌 천진암 계곡에 숙소를 잡고 놀러 갔을 때 차를 타고 지나가면서 스치듯 서행구간 간판을 처음 보았다. 매년 여름이면 그 근처를 한번은 지나간다. 여름이라서, 유원지 근처라서, 계곡이 있어서. 작년 여름에도 천진암 근처에 숙소를 잡고, 근처 식자재 마트에서 장을 보고 지나가는 길에 그 서점을 다시 보게 되었다. 그곳이 서점이라는 것을 알고 있었지만, 야외 수영장 딸린 숙소에 도착해서 아이들을 풀어놓는 것이 더 시급했기에 들어가 볼 엄두도 내지 못하고 또 그냥 지나쳐야 했다. 독립서점을 그리는 과정에서도 가끔 생각이 났으나 일부러 찾아가게 되지는 않아 마음속에만 담아두었던 곳인데, 아이들을 찾으러 가기 전 딱 반나절의 시간 동안 그곳에 가야겠다는 생각이 들었다.

이 동네를 처음으로 여름이 아닌 겨울에 오게 되었다. 어제 내린 함박눈이 이곳엔 조금 더 내린 것 같다.

건물엔 주차할 곳이 없어 근처 적당한 곳에 차를 세우고 서행구간으로 들어가는 보라색 문을 힘차게 밀고 들어섰다. 그 순간, 마치 마법의 문을 열고 다른 공간에 들어선 듯 이상하게 마음이 편안해짐을 느꼈다. 대표님으로 추정되는 분은 한쪽 테이블에서 다른 분들과 대화 중이셨고, 동행해준 남편과 나는 마음 편히 찬찬히 서점을 둘러보았다.

서행구간은 너무 크지도 너무 작지도 않은 적당한 규모의 독립서점이다. 그 안에 책과 작업공간의 비율도 매우 안정적이다. 책의 종류도 다양하고 읽을 수 있는 공간도 적당하며, 다양한 연령대가 참여할 수 있는 프로그램이 많아 보였다. 커피를 주문하고, 얼마 전 이곳에서 발행한 에세이집 『서행구간에 들어왔습니다』를 구입한 후 자리에 앉아서 읽기 시작했다. 편안하고 아늑했다. 30~40분쯤 머물렀을까?

이 서점이 주는 안정감에 매료된 나는 사장님께 여기를 그려도 될지 허락을 구하기 위해 조심스레 다가갔다. 서점이 참 이뻐서 그리고 싶다는 이야기를 수줍게 전하고 돌아서려는데, 대표님의 밝은 기운에 이끌려 나도 모르게 맞은편

자리를 잡고 앉았다. 뒤에 남편이 기다리고 있다는 사실도 잊은 채 MBTI 극 I 성향인 내가 처음 보는 사람과 1시간 가까이 시계 한 번 보지 않고 서점 이야기를 나누다니!

분명 이 서점엔 다른 곳과 다른 무언가 특별한 점이 있다. 가장 특별하게 느껴진 것이 바로 대표님이 가진 에너지였다. 처음 서행구간에 들어섰을 때부터 느껴졌던 왠지 모를 안정감과 따뜻함의 이유가 여기에 있었다. 전혀 서점이 있을 것 같지 않은 위치에서 사람들을 자석처럼 끌어당기는 힘이었다.

상상도 못 한 장소에 생긴 서점을 두고 얼마 가지 못하고 문을 닫을 것이라고 이야기하는 동네 주민들도 있었다고 한다. 하지만 비가 오나 눈이 오나 아침 8시 이전에 서점 문을 여는 대표님의 진심이 동네 사람들에게 전달되는 데는 그리 오래 걸리지 않았을 것이다. 이른 아침부터 불을 밝혀 동네 주민들의 출근길에 든든한 가로등이 되어 주고, 소외된 청소년들에게 기댈 수 있는 어른이 되어 주고, 외로운 어른들의 아픈 마음도 위로해 주며, 흔들리지 않고 이곳을 지켜내시는 대표님의 에너지와 내공이 정말 대단하게 느껴졌다.

퇴촌 주민들이 왜 그토록 이곳을 사랑하는지 알 수 있을 것 같다. 어른에게도 길을 잃지 않도록 불을 밝혀주는 어른이 필요했던 것이다. 서행구간 대표님을 만난 날 온종일 마음이 벅찼던 것은 '진짜 어른'을 만났기 때문이 아니었을까?

그렇게 나 혼자만의 운명 같았던 만남을 추억으로 간직한 채 시간은 흘러 겨울이 지나고 벚꽃이 흩날리는 계절이 되었다. 처음 방문했던 날 그랬던 것처럼 어느 날 아침 갑자기 서행구간이 떠올랐다. 서가 한편에 대표님이 사랑하시는 빨간 머리 앤 코너가 따로 마련되어 있던 것을 기억해 냈다. 예전에 그렸던 빨간 머리 앤 포크아트를 선물로 드리고 싶어 챙겨서 나섰다. 그 서가 한구석에 내 빨간 머리 앤 그림의 지분이 생기면 좋겠다고 생각하며, 나는 또 한 번 퇴촌에 있는 서행구간으로 향했다.

진짜 어른을 만나러.

무용 2023. 3
경기 가평군 가평읍 장터길3-41 1층

나는 무용한 것들을 좋아하오,
무용

　우리 집 첫째에겐 반평생(!)을 넘도록 함께한 친구가 있다.

　2020년 가을, 그 친구는 가족들과 함께 일본 도쿄로 이민을 갔고, 몇 년을 지속된 코로나라는 녀석 때문에 그 이후로 한동안 한국에 들어오지 못했다. 3년 만에 하늘길이 자유로이 열린 후에야 그 친구와 가족들은 일본 봄방학 시즌인 3월에 한국에 들어올 수 있게 되었다. 오랜만에 고국에 돌아온 그들의 스케줄은 내한한 어느 해외 스타 못지않게 빡빡했고, 우리 가족은 그들과 조우할 차례가 쉽게 오지 않을 것을 예감했다. 그래서 나는 첫째의 친구만 스리슬쩍 주말에 빼오기로 했고, 신랑은 그 어렵다는 자라섬 오토캠핑장에 취소된 한 자리를 극적으로 발견해 예약했다. 우리 부부는 얼결에 아이들에게 좋은 추억을 남겨주고 싶어서 노력하는 부모가 되었다. 그런데 난관에 봉착했다. 때는 3월이었기에 쾌적한 캠핑을 영위하기 위해서 난로를 꼭 실어야 했으나, 다섯 명(우리 가족+친구)이 다 타려면 난로를 실을 공간이 없었다. 고민 끝에 난로를 빼고, 더 추워지기 전 밤에 돌아오는 무박 캠크닉을 하기로 했다. 이너텐트와 난로를 빼니 차 위에 루프백을 얹지 않아도 되었고, 캠핑장 근처 가평 읍내에 없는 것이 없어서 집에서 따로 음식을 준비해 가지도 않았다. 아이들을 조금이라도 더 뛰어놀게 하기 위해 아침 일찍 출발해서 텐트를 치고, 간식으로 먹을 토스트와 저녁으로 먹을 약간의 고기를 샀다. 장을 본 후에 신랑과 아이들은 캠핑장으로 돌아가고 나는 읍내에 홀로 남기로 했다.

언제부턴가 낯선 곳에 가게 되면 습관처럼 근처에 독립서점이 있는지 확인부터 하게 되는데, 가평 읍내에도 작년 여름쯤 새로 생긴 독립서점이 있어 잠시 들렀다 가기 위함이었다. 당연하겠지만, 서점의 분위기와 서점 대표님의 분위기는 참 많이 닮아 있다. 가평 읍내 장터 뒷골목에 자리 잡은 서점 '무용' 또한 그러했다. 따뜻하고 수줍지만 확고하고 강단 있는 느낌이랄까?

'무용'이라는 단어를 본 순간 가장 먼저 떠올랐던 건, 드라마 '미스터 선샤인'의 한 장면이었다. 떨어지는 벚꽃잎을 보며 김희성(배우 변요한)이 했던 대사.

"나는 이리 무용한 것들을 좋아하오. 봄, 꽃, 달……."

독립서점을 여행하다 보면 저마다 다른 서점들에서 공통으로 느껴지는 어떤 결이 있다. 서점을 운영하는 대표님들에게서 그런 '무용한 것들'을 사랑하는 공통된 결이 느껴진다. 아마도 이곳을 운영하는 시인과 디자이너 두 분도 그런 무용한 것들을 사랑하는 분들이 아닐까 싶다.

시인과 디자이너가 운영하는 서점답게 한쪽은 시집으로 가득했고 또 한쪽은 미술 서적과 디자인 용품들이 자리 잡고 있었다. 대표님께 소장 가치가 있는 괜찮은 책들을 추천해달라고 부탁드렸고, 추천해주신 몇몇 작가님 책들 중 황수영 작가님의 『아무 목이나 끌어안고 울고 싶을 때』와 박연준 작가님의 『소란』을 구입했다. 조금 머무르다 가고 싶다고 하니 창가 쪽 명당자리 책상 위 소품들을 살짝 치워주셨고, 나는 그곳에 앉아서 창밖을 바라보며 구입한 책들을 읽어 내려갔다. 이 서점만이 뿜어내는 분위기를 조금이나마 더 느껴보고 고이 간직한 채 돌아가고 싶었다(아이들이 있는 캠핑장으로 돌아갈 시간을 최대한으로 늦춰보려고 한 건 단연코 아니다).

창가에서 바라본 건너편 초록 대문집은 참으로 근사했다. 빨강도 노랑도 아닌 초록색 대문이라서 다행이다 싶을 정도로 서점 뷰로 손색이 없었다.

커피를 함께 팔지 않는 것이 못내 아쉬웠지만, "커피 판매를 잘할 수 있을지도 모르겠고, 주변에 카페도 있어서 계속 고민만 하고 있어요."라고 수줍게 말씀하시는 사장님의 이야기가 참 진솔하게 느껴졌다. 다음에 또 가평 캠핑장에 오게 되면 2% 적립도 하고 시집에 사인도 받아 오겠다 다짐하며 잠깐의 서점 여행을 마치고 둘째가 주문한 맘스터치 감자튀김 대짜를 사 들고 캠핑장으로 돌아갔다.

가평 주민들뿐 아니라 나처럼 캠핑장을 찾은 분들도 꼭 한번 들러보면 좋을 공간, 여행지에서 만난 또 다른 여행지, 서점 '무용'에서 나는 여행 속 여행을 할 수 있었다. 지금은 쉽게 하기 힘든 혼자만의 여행, 이렇게 서점으로 떠나는 짧은 혼자만의 시간을 갖는 것만으로도 나에겐 큰 행복이다.

캠핑장으로 돌아오니 또 다른 여행이 기다리고 있다. 몇 년 만에 성사된 절친과 함께하는 여행에 첫째와 친구는 그저 행복하다. 둘째는 형들 틈에서 도태되지 않으려고 고군분투한다. 배고프다고 아우성치는 아이들을 위해 저녁 식사를 분주히 준비한다. 고기와 소시지를 굽고 자연스레 맥주 캔을 딴다. 3년 전 수술했던 부위가 재발해 올 초 재수술을 했는데 그 이후로 처음 마시는 맥주다. 술은 못 끊어도 맥주는 끊겠다고 다짐했건만⋯⋯. 캠핑장에서 한 캔쯤은 정신 건강에 이로울 것이라는 합리화를 해본다. 시원하게 한 모금 마시며 무용에서 구입한 책을 마저 읽어보려고 책장을 펼친다.

완벽한 하루다.

위드위로 2022. 10
경기 고양시 일산서구 송포로26 현대프라자 1층 120호

독립서점 덕통사고,
위드위로

"이제 본격적으로 작업해야 할 때가 되지 않았어?"

"어…… 응…… 해, 해야지…….."

신랑이 물었고 나는 대충 말을 얼버무렸다. 실은 작업을 시작해야 할 때가 아니라 작업을 마무리해야 할 때였다. 방학, 수술에 이어 주말마다 가족 행사나 모임이 계속 있어 책 작업에 몰두할 시간이 부족한 나날이 이어지던 어느 날, 신랑이 아이들만 데리고 캠핑을 다녀오겠다고 선언했다. 응? 그게 가능한 일이란 말인가? 혼자 두 시간을 운전해서 캠핑장에 도착해 피곤한 몸으로 텐트를 치고 아이들을 챙기는 일이? 나라면 절대 안…… 아니, 못하는 일인데 흔쾌히 다녀오겠다고 말하는 신랑을 보며 '와~ 이 남자 멋진데?' 3초간 생각했다. 아이들과 신랑은 토요일 아침 일찍 홍천의 한 캠핑장으로 떠났고, 집에는 적막감이 감돌았다.

일하라고 집을 비워줬지만 밀린 잠을 더 자고 싶었기에 해가 중천이 될 때까지 늘어지게 늦잠을 자고 일어났다. 충분히 자고 난 후엔 엉망인 집안 꼴을 두고 볼 수 없어서 부지런히 청소도 했다. '이만하면 남자 셋이 돌아와도 부끄럽지 않을 만큼 깨끗해졌어!'라고 생각될 때까지! 그리고 신랑의 희생을 헛되이 하지 않기 위해 그다음엔 뭘 해야 할까 생각만 하다가 토요일 오후가 통째로 지나가 버리는 대참사가 일어났다. 영감을 얻겠다며 고심 끝에 선택한 영화는 재미도 감동도 없었고, 뒤늦게 뭐라도 해보려고 했으나 어딜 가기엔 늦은 시간이 되어버렸다. 시간이 넘치니 어쩔 줄을 모르는 꼴이었다.

오늘은 망했다. 내일은 꼭 후회 없는 하루를 보내야지! 다짐하며 억지로 잠을 청했다. 눈뜨자마자 목욕재계하고 서둘러 외출 준비를 하고 차에 올라 일산의 한 서점을 목적지로 찍었다. 강변북로를 지나 자유로를 타는 험난한 여정이었고 때마침 벚꽃 인파와 맞물려 돌아오는 길이 걱정되었지만 더 이상 지체할 수는 없었다. 한 시간 반을 달린 끝에 사진으로만 보던 그곳과 마주했다.

사진 한 장으로 나에게 큰 위로가 되어 주었던 서점 '위드위로'. 우연히 본 다른 이의 피드에서 발견한 보물 같은 곳으로, 크지 않은 규모에 따뜻한 원목 색감 인테리어, 야외 데크에 캠핑 의자까지, 너무나도 내 취향인, 독립서점에도 '덕통사고'를 당할 수 있다는 것을 처음 알게 해준 곳이다. 올초 마음이 복잡했던 어느 날 밤, 첫눈에 반한 위드위로의 전경을 그리면서 머릿속이 조금씩 정리되고 잡념이 사라지는 경험을 했었다. 마치 독립서점이 나에게 괜찮다고 위로를 건네는 것 같았다.

독립서점이란 공간은 비슷한 듯 보이지만 모두 다 다른 매력을 갖고 있다. 책을 사랑하는 사람이 만들었다는 아주 커다랗고 중요한 공통점이 있긴 하나 서점 주인들의 살아온 환경, 취향, 생활 방식은 모두 다르기에 그 차이에서 오는 각자의 분위기가 있다. 인테리어와 조명 밝기, 온도와 습도, 음악과 향기까지 모두 다 다르다. 나는 그 미묘한 다름을 즐

긴다.

일요일 정오, 오픈 시간에 맞춰 간 것은 참 잘한 일이었다. 미리 약속을 정하고 방문하는 것이 아니라서 가끔 공지된 시간과 달라 헛걸음할 때도 있지만 운이 좋으면 손님이 몰릴 시간이나 북토크, 독서 모임 등을 하는 시간을 교묘하게 비껴간 한가한 시간에 도착해 서점 대표님과 이야기할 기회가 생기기도 한다. 오늘은 그 운이 좋은 날이었다. 서점이 가장 여유로운 오픈 시간에 맞춰 도착한 나는 이 운을 아낌없이 써보기로 하고 평소 위드위로에 궁금했던 것들을 물어보기 시작했다. 프로궁금러의 질문들을 불편해하지 않고 친절하게 대답해주시는 대표님의 말투에서 선함이 고스란히 묻어났다. 그렇게 나는 위드위로의 대표님과 혼자만의 내적 친밀감을 형성하며 친구를 맺었다.

아파트 단지가 둘러싸고 있는 상가 1층에 위치한 이곳은 오다가다 커피 한 잔 주문해서 조용히 머무르다 가기 딱 좋은 공간이었다. 독립서점이 살아남는 방법에는 여러 가지가 있겠지만, 만약 음료를 함께 판매한다면 나는 그 맛 또한 중요하게 생각하는 한 사람으로 이곳 위드위로는 커피에도 진심, 베이킹에도 진심인 멋진 곳이었다. 장소와 계절을 불문하고 99%는 아이스 아메리카노를 시키는 얼죽아임에도 불구하고 사장님이 추천해 주신 '바닐라빈라떼'에 홀딱 반해버렸고, 진열장에 가지런히 놓인 각종 디저트류들이 직접 베이킹 한 것이라는 것에 한 번 더 반해버렸다. 좋은 원두와 좋은 재료로 저렴하고 맛있는 음료와 디저트를 판매하는 것이 위드위로가 독립서점이라는 세계에서 살아남는 방법 중 하나였다.

심리학을 전공하고 서점을 운영하게 된 자세한 이야기도, 다음으로 개발 중인 디저트가 무엇인지도 궁금했지만 내 호기심에 대표님을 너무 오래 붙잡고 있을 수 없어 아쉬움을 뒤로하고 언제 다시 올지 모를 다음을 기약했다.

대표님이 추천해주신 안리타 작가님의 『리타의 정원』과 경기도 독립서점 이야기가 실린 『책방지기? 자영업자입니다!』를 안고 집에 돌아왔다. 『책방지기? 자영업자입니다!』를 한 장 한 장 넘기다 보니 전시를 진행했던 서점 '너의 작업실'이 실려 있어 1차 반가움, 전시되었던 내 그림도 같이 실려 있어 2차 반가움을 느꼈다. 내 지분이 0.0001%쯤 있는 책을

까맣게 모르고 있다가 나온 지 반년 만에 보게 되다니! 책
갈피에 끼워 놓고 잊어버린 만 원짜리를 발견한 느낌 같았
달까?

독립서점에 입장한다는 것은 한 개인의 우주로 떠나는 여
행이 되기도 한다. 길을 걷다 마주한 독립서점에 우연히 들
어갔다가 왜인지 신경이 쓰이는 '인생 책'을 만날 수도 있다.
각종 독서 모임을 통해 사람과 사람과의 만남을 이어주기도
한다. 이런 사소하지만, 강력한 경험은 작은 독립서점이기
에 가능할 것이고, 독립서점이 존재하는 이유일 것이다.

나 또한 위드위로라는 새로운 우주를 여행하며 내가 나로
서 살아갈 힘을 얻었다. 모든 독립서점에 그 자리에 있어 주
어 고맙다는 말을 전하고 싶다.

나는…… 삼부자가 또 캠핑 갈 그날을 기다려본다.

올 초 마음이 복잡했던 어느 날 밤,

첫눈에 반한 위드위로의 전경을 그리면서

머릿속이 조금씩 정리되고 잡념이 사라지는 경험을 했었다.

마치 독립서점이 나에게 괜찮다고

위로를 건네는 것 같았다.

책방의 오후   2022. 6

독립서점 하나가 또 사라진다

2022년 초 '독립서점 그리기' 프로젝트를 스스로 정하고 참여해주실 서점들을 모집했다. 12장의 서점 그림을 모아 2023년 달력을 만들기 위함이었다. 서점을 찾는 과정에서 충청도에 사는 친한 언니에게 독립서점을 추천받았고, 당장 가기에는 거리가 있으니 서점 대표님께 서점 전경과 내부 사진들을 부탁드렸다. 그렇게 나의 사진첩에는 가보지 못한 독립서점 사진 몇 장이 고이 간직되어 있었다. 그려질 날을 기다리며.

밀린 작업이 끝나고 이제 그려야지 하던 참에 서점 대표님으로부터 DM이 왔다. 사정이 있어서 이달까지만 서점을 운영한다는 소식이었다. 머릿속에 많은 생각들이 지나갔다. 조금 더 일찍 그릴 걸 하는 후회도 밀려왔다. 내가 서점 그림 한 장 그린다고 해서 서점이 계속 운영되는 것은 당연히 아니겠지만, 그래도 대표님께 조금이나마 소소한 삶의 이벤트를 드릴 수 있지는 않았을까 하는 후회.

'충청도 갈 일은 왜 한 번도 없었던 거지? 아니, 왜 시간 내서 가볼 생각은 못 했던 거지?' 인스타그램으로 안부를 알고, DM으로만 이야기했던 사이일 뿐인데도 섭섭한 감정이 든다. 책방을 열고, 운영하고, 입고하고, 판매하고, 사람들을 만나고, 이벤트를 열고…… 책방과 함께 한 모든 시간, 헤아릴 수도 없는 수많은 과정이 대표님의 기억 속에서만 간직되겠지…….

독립서점 하나가 또 사라진다. 역사 속으로.

그래도 경영난으로 인한 폐업은 아니라는 사장님의 말씀에 약간의 안도감을 느낀다. 서점이 알려지고 잘되면서 부업으로 생각했던 서점 운영이 본업을 침범했기 때문에, 본업에 충실하기 위해서라는 것이 폐업의 이유였다. 일면식도 없는 나에게 모든 사정을 다 이야기할 수는 없으셨겠지만,

그리고 사장님의 본캐가 무엇인지는 모르지만, 이렇게 서점을 멋지게 운영하신 열정과 능력으로 원래의 자리에서는 더욱 반짝반짝 빛나시리라 믿는다.

소중했던 공간을 기억하고 싶은 이들에게 작은 선물이 되길 바라며 그려본 책방 풍경.

전시를 합니다

하우스서울 2023. 4
서울시 송파구 백제고분로9길 5

늘 봄일 순 없지만,
하우스서울

그림들이 쌓여 갈수록 의문이 든다.

가끔은 외주도 받고, 굿즈도 제작하고, 미미하지만 팔로워 숫자도 늘어가고 주변에서 작가라고 불러준다. 하지만 여전히 반쪽의 느낌이 지속되던 어느 날 문득 그런 생각이 들었다.

'전시를 해야겠다!'

'음, 전시라고 함은 유명한 화가나 사진작가, 조각가들이 하는 거 아닌가?'

'아냐, 무명이면 뭐 어때. 나는 그냥 소박한 공간 하나 마련해서 작게 하면 되지.'

'서점 그림들이 많으니, 서점에서 하면 좋겠다.'

꾸준함은 좀 부족해도 추진력은 쓸 만한 나다. 바로 전시 가능한 서점들을 찾아보기 시작했다. 찾아보니 집에서 멀지 않고, 나만의 전시를 열 수 있는 곳이 있다. 복합문화공간으로 사용되는 곳이라 규모도 꽤 큰 곳이다. 내가 찾던 곳이다! 무작정 연락을 드려본다.

나에게 첫 번째 전시를 허락해준 곳은 잠실의 복합문화공간 '하우스서울'로, 청년 작가(좀 찔리지만 일단 청년이라고 치고)에게 전시 공간을 대여해주고 알릴 기회를 주는 곳이다. 바로 서점 측에 연락해 이야기를 나누었고, 얼마 후 나의 그림 스타일이 서점 측과 잘 어울린다는 판단에 전시를 진행하기로 했다는 연락을 받았다. 다만 전시 문의 당시가 11월이었는데 이미 2월까지는 전시 일정이 차 있어서 내년 3월 이후로 가능하다고 했다. 3개월의 준비 기간이 있어 오히려 더 좋았다.

내 그림 스타일에는 캔버스 천 액자가 어울릴 것 같아 전시 액자들은 모두 캔버스로 제작했다. 패드와 컴퓨터로만 보던 내 그림들을 실물로, 액자로 크게 보는 것은 또 다른 느낌이었다. 그립톡, 엽서, 팸플릿, 포스터, 명함…… 처음 하는 전시라 모두 처음 제작하는 것투성이었다. 전시 기간까지 넉넉하다고 생각했으나 초1 엄마라 초등학교 겨울 방학이 무려 두 달이라는 것을 인지하지 못했다. 1월부터 차근차근 준비하기 시작했지만 결국 제때 나오지 못한 것들은 전시 당일 퀵으로 받기도 했다. 그 문제의 퀵으로 받은 제품은 마지막까지 만들까 말까 고민했던 컬러링 북이다. 컬러링 북이긴 하나 책을 만든다는 것은 짧은 시간에 할 수 있는 일은 아니었는데, 끝까지 고민하다가 결국 해보자는 결론에 다다랐고, 급하게 포토샵으로 책을 만들고, 시간이 촉박해 전시 당일 을지로에서 잠실 전시장까지 퀵으로 받고야 말았다.

'모두가 기다려 왔던 권냥이 초대전'은 아니었기에 컬러링 북이 하루 이틀 늦는다고 아무도 관심을 두지 않았을 거다. 그래도 누군가는 나의 전시를 기다리지 않을까 하는 생각으로 약속한 날짜에 완벽하게 설치하고 싶었다. '미리미리'라는 단어는 이럴 때 쓰는 건데, 나란 인간은 늘 이렇게 스펙터클하게 끝내고야 만다.

공간은 대여해 주지만 설치는 직접 해야 한다. 처음이라 와이어에 액자 거는 것도 잘할지 모르겠고, 혼자 할 엄두도 나지 않는다. 그렇게 신랑은 반강제적으로 끌려가서 설치하게 된다. 가져온 포스터 3장을 입구와 2층 계단, 전시 기둥 등에 붙이고, 엽서와 명함, 팸플릿, 그립톡 등을 배치하고, 와이어로 액자를 걸고……. 1시간 가량 소요된 설치가 끝난다.

신랑은 오전 반차를 써서 내 전시 설치에 동원되었기에 곧 출근을 해야 했고, 미안하고 고마운 마음에 점심이라도 맛난 걸 사줘야겠다고 생각하며 뭘 먹을까 고민하며 식당으로 향하던 중에 전화 한 통이 왔다. 서점이었다.

"작가님~ 다시 와보셔야겠어요~ 화분이 엄청~ 큰 게 왔어요~"

차를 돌려 돌아간 서점 전시장에서 그 엄청나게 큰 화분과 마주했다.

'허걱, 누가 보낸 거지?'

전시 규모에 비해 너무 큰 1.8m 화분의 정체는, 같은 아파트 단지에 사는 친구들이 보내준 것이었다.

전시 며칠 전 아파트 친한 언니로부터 카톡이 왔었다.

"냥아~ 너 전시회 말이야, 입장권 있어야 해?"

이런! 그런 규모의 전시가 아닌데, 독립서점 한편에 벽면만 빌린 작은 전시인데 혹시 초대전, 개인전급으로 소문이 난 건가. 부랴부랴 작은 규모이고 그냥 오시면 된다고 설명해 드렸지만, 영 찜찜하다. 그 때문인가, 원래는 더 큰 화환을 보내려고 했는데, 전시장이 크지 않다는 소식을 급히 접수하고 부랴부랴 화환에서 화분으로 바꿔서 주문했다는 것이 저 크기다.

신랑이 화분을 바라보며 한마디 한다.

"이거 차에 안 실려. 카니발 불러야 해."

전시 담당자님께 여쭤본다.

"이런 화분이 들어온 적 있나요?"

"아뇨, 처음이에요." (웃음)

주변인들에게 넘치는 축하를 받은 나. 나 몰래 커다란 화분을 보내준 아파트 이웃의 마음에 어쨌든 심쿵이다. 전시 첫날 단체로 와서 사진도 찍고, 굿즈들도 쓸어가 준 사람들. 순수한 마음으로 축하해준 사람들의 마음이 너무나 고마웠고, 한편으론 미안했다. 더 잘되어야 할 것 같은 부담감도 든다.

'그저 나의 자아실현을 위한 전시일까?'

'나는 이 전시에서 무엇을 얻어갈 수 있을까?'

'이제 정말 작가라고 불리는 것이 쑥스럽지 않을 수 있을까?'

그날 오후 나는 또 한 통의 전화를 받는다.

"작가님~ 화분 하나가 또 들어왔어요~~"

나, 진짜 잘되어야겠다.

"이런 화분이 들어온 적 있나요?"

"아뇨, 처음이에요."

주변인들에게 넘치는 축하를 받은 나.

나 몰래 커다란 화분을 보내준 아파트 이웃의 마음에

어쨌든 심쿵이다.

동백문고   2023. 2
경기 용인시 기흥구 동백중앙로213 삼성타워 2층

그냥 걷다가 우연히,
동백문고

두 번째 전시회명은 '그냥 걷다가 우연히'로 정했다.

말 그대로 그냥 걷다가 우연히 들러서 그림도 보고 컬러링 시트도 하고 쉬었다가 가는 공간이 되었으면 좋겠다는 의미를 내포하고 있는데, 자연스레 떠오른 이 제목이 퍽 마음에 들었다.

전시는 용인의 '동백문고'라는 종합서점에서 진행되었다.

종합서점답게 어르신, 청소년, 돌 아기 등 다양한 연령층이 오는 곳이다. 집에서 거리가 좀 있는 용인에서 진행되는 전시였으나, 신랑에게 또 반차 내고 같이 가자고 말을 하지 못했다. 용기 내서 초행길 운전에 도전해 보기로 했다.

와~ 그런데 용인 운전은 동네 마실이나 다니던 내 수준에서 커버할 수 있는 복잡함이 아니었다. 외곽순환도로를 타고 3번이나 길을 잘못 든 후에 70분이나 걸려 전시장에 도착하고야 말았다. 긴장한 어깨는 잔뜩 굳어 있고, 눈은 뻐근했다. 주차장에 도착한 후에야 안도의 한숨이 내쉬어졌다. 후다닥 트렁크에서 전시 액자와 각종 팸플릿 등이 든 상자를 번쩍 들어 2층 서점으로 향하는 엘리베이터를 탔다.

건물 한 층을 다 쓰는 용인 동백문고는 사진으로 접하고 예상했던 것보다 훨씬 컸다. 내 그림이 한 달 동안 전시될 이벤트홀을 찾아 들어가 낑낑대며 들고 온 상자 속 전시 액자들을 하나씩 꺼내 놓았다. 곧 나와 전시 이야기를 나누었던 동백문고 이사님이 오셨고, 설치 방법을 설명해주셨다. 3개의 벽면에 그림을 나누어 전시하면 되는데 한쪽은 조각 점토로 붙이고, 한쪽은 레일로 걸고, 한쪽은 나무 선반을 설치해서 올려놓으면 좋겠다고 의견을 주셨다. 단순히 레일에 하나씩 그림을 걸면 될 거로 생각했던 나의 무지함을 반성하게 된다.

첫 번째 전시는 한쪽 벽만 쓰는 전시였음에도 명함과 팸플릿, 굿즈, 엽서, 액자, 포스터까지 모두 새로 만들어야 하는 작업이라 신경 쓸 게 많았는데, 한번 경험치가 쌓이니 전시 준비가 첫 번째에 비해 조금은 수월해졌다. 전시 주제와 내용이 정해지면, 그다음은 빠르게 진행된다. 전시장에 커다란 책상이 있는 것을 확인하고, 컬러링을 좋아하는 아이들 혹은 어른들을 위해 컬러링 시트도 잔뜩 출력해서 가져왔다. 잠시나마 이 공간에서 힐링의 시간을 갖길 바라며.

백발의 할머님 한 분이 한참 동안 설치 작업을 바라보셨다. 작가 본인이냐, 뭐로 그렸냐 등 몇 가지 질문을 하시고서도 한동안 머물러 계셨기에, 나의 첫 번째 관람객이 되어주신 할머님께 혹시라도 마음에 드는 엽서가 있다면 고르시라고 말씀드렸고, 할머님은 열두 장의 엽서 중 '눈 오는 일일 호일의 풍경'을 선택해 주셨다. 덤으로 나의 명함도 한 장 가져가 주셨다. 24일의 전시 기간 동안 얼마나 많은 분이 내 그림을 봐주실지는 모르겠으나, 그저 서점에 들렀다가 우연히 마주친 나의 그림이 그분들에게 잠깐의 휴식이 되었으면 했다.

다행히 돌아가는 길엔 내비게이션을 한 번만 잘못 봐서 20분이 줄었다.

역시 인생은 경험치.

너의 작업실 1　2023. 2
경기 고양시 일산동구 일산로380번길 63-36

가을은 빨리 지나가니까,
너의 작업실

일산의 밤리단길에 있는 분위기 있는 독립서점 '너의 작업실'.

이번 전시는 서점의 월요일을 지켜주시는 로미 작가님의 DM으로부터 시작되었다. 사람을 대할 때 계산하지 않고 호의적으로 대하고 있다는 것을 구별해 내는 게 쉬운 일이 아니다. 나를 대하는 것이 진심인지 가식인지 헷갈릴 때가 있는데, 로미 작가님과의 대화에서는 편견 없이 진심으로 사람을 대하는 분이라는 것이 느껴졌다. 며칠 후 탱님이라는 애칭의 서점 대표님과도 이야기를 나누게 되었고 나는 이곳에서 가을 전시를 하기로 결정했다. 거리가 멀어서 부담된다면 택배로 보내줘도 괜찮다고 하셨지만, 공간을 기꺼이 내어주신 서점 측에 직접 찾아가 뵙는 것이 예의라고 생각했다. 두 달이나 내 그림이 걸릴 공간이 당연히 궁금하기도 했고.

'너의 작업실'은 과연 사진에서 보던 것 그대로, 아니 그 이상으로 내 취향이었다. 노란빛 감도는 서가와 서점 중앙의 커다란 테이블들, 하얀 파라솔이 세워진 야외 테이블, 예쁜 냉장고와 스피커 어느 것 하나 마음에 들지 않는 것이 없었는데, 그중에서도 창밖을 향해 있는 밤리단 길 뷰 1인 책상이 가장 큰 매력으로 다가왔다. '이곳에서 작가 혹은 예비작가님들이 쓴 글들이 산문집이 되고 소설이 되고, 일기의 한 페이지가 되지 않을까?'라는 상상을 해본다.

아무튼 이제 전시 공간에 그림을 설치해야 하는데 어떤 식으로 걸어야 내 그림이 보기 좋을지 감이 오지 않아 곧 허둥대기 시작했다. 이리저리 해보아도 각이 안 나오는 것 같았다. 그런 나의 마음을 눈치채셨는지 대표님은 본인이 직접 설치하겠다고, 갈 길이 머니 어서 돌아가라고 하셨다. 반쯤 떠밀려서 돌아가는 느낌이었으나 정말 갈 길이 멀었기에 감사하고 죄송한 마음을 안고 돌아섰는데 그날 오후 대표님은 내 예상보다 훨씬 더 예쁘게 설치된 전시 사진을 보내주셨다. 그렇게 '가을은 빨리 지나가니까' 전시가 시작되었다.

멀리 있어 전시 기간 동안 가보진 못했지만, 대표님이 종종 전시 소식을 전해주셨다. 어떤 날엔 곧 제주도로 떠나는 분께서 한 권 남은 컬러링 북에 추가로 한 권을 더 구입하시겠다고 하셨는데 재고가 있냐는 물음을 주셨고, 또 어떤 날엔 벽에 걸린 액자 중 하나를 팔아서 따로 주문을 넣어줄 수 있냐고 묻기도 하셨다. 어느 날엔 독서 모임 회원들이 내 엽서를 다 사주셨는지 처음 선보였던 엽서 10종 세트를 다 팔아버렸으니 추가로 제작해 달라는 연락을 주시기도 했다. 어떤 이벤트가 있을 때마다 주고받는 연락이었지만 나는 카톡 대화에서 느껴지는 대표님의 선한 화법이 참 좋았다.

인연이라는 게 참 신기하다.

나와 결이 같다고 생각했지만 알고 보니 아니었던 사람이 있고, 겉만 보고 나와 친해질 수 없을 거로 생각했지만 그렇지 않은 사람도 있다. 아이를 키우면서, 나의 영역을 확장하면서 점점 아는 사람들은 늘어가지만 모든 이들과 관계를 맺고 살지는 않는다. 나에겐 인맥 총량의 법칙이라는 게 존재하는 것 같다. 그런데 참 신기한 것이 서점 그림을 그리면서 알게 된 사람들은 나에게 어떤 방식으로든 위안을 준다. 얼마든지 그 인맥 총량을 늘리고 싶을 만큼. 나와 비슷한 생각과 감성을 갖고 나보다 먼저 그 길을 걸어보고 있는 사람들, 나에게 지표가 되어 주고 힘을 주는 사람들은 어디에나 있었다. 다만 내가 알아보지 못했을 뿐이다.

글을 쓰면 쓸수록 나는 왜 이런 식의 표현밖에 하지 못할까 고민했다. 수려하고 재치 있는 문체로 독자의 무릎을 '탁' 치게 하고 싶지만(표현 참 진부하다 진부해), 결국 부족한 내가 할 수 있는 최선은 솔직하고 담담한 글을 쓰는 것뿐이었다. 그럼 내 글이 읽는 이의 마음에 조금은 닿지 않을까?

서점을 열고, 청소하고, 진열하고, 독서 모임을 하고, 책을 판매하고, 커피를 내리고, 글을 쓰고, 너무나도 많은 것을 해내는 이들을 보며 나는 그들이 하는 수많은 것 중 하나인 글을 쓰는 것만이라도 좀 더 꾸준히, 끝까지 해내야겠다는 생각을 한다.

너의 작업실에서 전시를 한 지 얼마 지나지 않았을 무렵, 그 근처 풍동 도서관에서도 전시가 정해졌다. 고양시에서 진행하는 '동네책방을 담다' 전시에 내 책방 그림들이 함께 걸리게 된 것이다. 10월 말쯤 너의 작업실에 걸린 그림들을 철수하러 갈 예정이었는데, 내 그림들이 운 좋게도 한 달 더 일산에 머무르게 되었다. 도서관에 내 그림과 책이 함께 전시되는 것이 꿈이었는데, 너의 작업실 대표님의 추천 덕분에 그 꿈의 절반을 이뤘다.

커피문고　2023. 4
경기 용인시 처인구 경안천로256번길 47-10 103호

온전한 나의 시간,
커피문고

"브런치 작가님께 새로운 제안이 도착하였습니다."

2022년 9월 28일. 브런치로부터 온 알람에 설렘을 가득 안고 메일함을 열어보았다. 내용을 찬찬히 읽어보니, 내 그림을 동생이 운영하는 독립서점에 전시하고 싶다는 내용이었다. 요즘엔 제법 그림 의뢰나 클래스 강의, 전시 제안 등이 온다. 계약까지 간 경우도 있고 메일을 주고받다가 결국 아무것도 안 된 경우도 있지만, 어느 쪽이든 분명 나에게 좋은 신호일 것이다. 뭔가 전혀 잡힐 것 같지 않았던 막연한 꿈이 서서히 안개가 걷히고 멀리서나마 그 형태가 보이기 시작한 느낌이랄까?

감사하게도 나에게 전시 제의를 해준 서점은 용인에 위치
한 커피와 책이 비슷한 비율로 존재하는 독립서점 겸 카페
'커피문고'라는 곳이었고, 전시 제안 메일을 보낸 분은 서점
의 북 큐레이터이자 브런치 작가인, 서점 대표님의 오빠였
다. 사실 메일을 받고 좀 놀랐다. 분명 나를 위해 새로 작성
한 것으로 보이는 전시기획안이 첨부되어 있었기 때문이다.
연락받았던 당시에 나는 11월 말에 용산의 한 박물관에서
진행하는 전시 준비도 시작하지 않은 상태였고, 또 다른 서
점과 전시 이야기를 구두로 진행 중인 상태라 머릿속이 뒤
죽박죽이었다. 하지만 이렇게 용기를 내어 먼저 손을 내밀
어 준 서점이라면 나 또한 그 이상으로 보답하고 싶은 마음
이 들었다. 그간 몇 번의 서점 전시를 진행하며 체득한 경험
을 커피문고에 녹여내고 서로에게 도움이 되는 존재가 되고
싶었다.

　곧바로 멀지 않은 날짜에 미팅이 잡혔고, 그분들은 황금
같은 서점 휴무 날 기꺼이 내가 사는 곳 근처까지 와주셨다.
멀리 카페 안으로 들어서는 두 분의 모습을 보며, 왠지 저분
들일 것 같다는 생각을 했다. 오빠(북 큐레이터)와 여동생(서

점 대표님)의 조합은 좀 신선했다. 처음엔 막연히 형제일 거라고 예상했는데 남매라니. 보통 남매 조합은 '현실 남매'라는 농담이 생길 정도로 남보다 못한 데면데면한 사이 아니던가? 나의 편협한 생각을 멋지게 깨부순 분들이다.

독립서점을 그리는 과정에서 배울 점이 많은 사람, 좋은 영향을 주는 사람, 그리고 나와 결이 비슷한 사람들을 많이 만날 수 있었다. 어딘지 모르게 나와 비슷한 생각과 가치관을 따르고 있는 사람들과 이야기하고 있으면 상당한 정서적 안정감을 느낀다. 정성스러운 제안서를 보내주고, 나를 배려해주는 서점을 만날 수 있게 된 것. 그들과 유쾌한 대화를 할 기회가 생긴 것 또한 마법 같은 일이 아닐는지.

독립서점을 그리며 나는 또 이렇게 멋진 사람들을 알아가게 되었다.

두 분과 조율 후에 전시 기간은 두 달로 정해졌고, 서점의 층고가 높아 와이어를 걸 여건이 안 되니 잘 붙는 점토를 이용해서 액자를 붙이기로 했다. 서점마다 벽의 상황이 다르긴 하나 최대한 소중한 벽에 흠집이 가지 않는 쪽으로 전시를 진행하려고 한다. 벽에 잘 붙는 점토가 있다는 것은 두 번째 전시 때 알게 된 정보인데, 가벼운 무게의 액자에만 가능하다.

전시 작품들 외에 굿즈를 판매하는 자리도 따로 마련해주시기로 했다. 샘플로 가져온 일러스트 엽서와 포스터, 그립톡 등 굿즈 몇 가지를 보여드렸다. 연말과 연초에 진행될 전시이니 독립서점 달력도 진열할 예정이다. 나는 탁상 달력과 벽걸이 족자 달력 외에 다른 곳에서는 판매하지 않는 커피문고 한정 다이어리를 제작할 생각이었다.

작품과 굿즈, 전시 내용에 관한 부분은 하나부터 열까지 모두 내 손을 거쳐야 하는 과정이기에 힘들고 피곤한 것도 사실이지만 내가 주체가 되어 구현할 수 있는 온전한 나의 결과물이기에 기꺼이 감내할 수 있다. 그 과정은 늘 즐겁고 행복하다.

공간을 기꺼이 내어준 서점 또한 신경 써야 할 부분들이 많다. 그림을 배치할 공간을 정하고, 오시는 분들이 보기 편하게 하기 위해 동선을 짜고, 전시를 홍보하기 위한 아이디어를 생각해야 한다. 전시를 위해 얼마나 많이 고민하셨는지 서점 안 가구 배치가 여러 번 바뀌는 것을 통해서도 알 수 있었다.

그렇게 서점과 함께 차근차근 절충점을 찾아내어 공간을 채워나갔고, 2022년 12월부터 2023년 2월까지 '온전한 나의 시간'이라는 이름의 전시를 진행했다.

겨울을 따뜻하게 녹여줄 라떼처럼 이 공간에 와주신 모든 분에게 우리의 온기가 전해졌길.

하우스서울 전경   2023. 3

전시 그 후 1

낯선 이의 시선으로 다시 보는 내 그림

첫 번째 전시를 했던 '하우스서울'은 복합문화공간으로 지하 1층엔 카페와 전시장, 1층은 카페, 2층은 독립서점과 전시 공간으로 이루어진 곳이다. 다른 작가님들의 작품들도 다른 층에서 전시 중이고, 또 카페이기도 하고 서점이기도 한 공간이기에 꼭 내 그림을 보러 오지 않더라도 쉬었다 가기 좋은 곳이었다. 서점 전시이다 보니 하루 종일 내가 자리를 지키고 있는 게 더 이상한 그런 전시. 고로 난 그곳에 없었다. 지인들이 방문한다고 하면 시간 맞춰서 들르려고 했는데, 대부분 나 몰래 왔다 간 후 인증사진만 카톡으로 날려

주었다. 친구들과 지인들 외에 SNS를 통해 알게 된 작가님이 몰래 다녀가 주시기도 했고, 전혀 모르는 분들이 전시 후기를 인스타그램과 블로그에 올려주시기도 했다. 내 그림들이 낯선 이의 카메라를 거쳐 그들의 생각이 보태져서 온라인이라는 공간에 다시 올라왔다. 낯선 이의 시선으로 보는 내 그림이 낯설고 신기했다. 주변인의 과분한 축하를 받았던 나의 첫 번째 전시는 새로운 경험 그 자체였다(참, 실을 차가 없다는 신랑의 의견을 반영해 1.8m의 화분은 서점 측에 기증하고 왔다).

방명록과 컬러링 시트가 준 감동

두 번째 전시를 했던 '동백문고'는 웬만한 대형서점들보다 규모가 큰 용인의 종합서점이었다. 첫 번째와는 또 다른 느낌의 좀 더 친숙하고 익숙한 공간, 덕분에 다양한 연령층이 내 그림을 봐주셨다. 그림 판매는 할 수 없었기에 대신 좀 더 많은 분이 전시 공간에 머물러 계실 수 있도록 컬러링 시트를 준비했다. 3주의 전시가 끝나는 날 아이들과 함께 전시

장을 찾았는데, 역시나 별 감흥이 없어 보였다. 컬러링 시트에 마음껏 색칠이나 해보라고 하고, 그 틈을 이용해 신랑과 나는 그림들을 철수했다.

조심스레 방명록을 들춰본다.
내 그림 이야기가 아닌 서점이 좋다고 써놓은 9세 어린이의 귀여운 방명록. 전시회명처럼 그냥 우연히 들어왔다가 선물 같은 전시를 보았다는 모르는 분의 방명록. 나에게 말도 없이 그냥 슬쩍 왔다 가신 지인의 방명록.

소중한 응원의 글귀에 또 나아갈 힘을 얻는다.

커피문고 전경　2022. 12

전시 그 후 2

일면식 없던 작가님의 선물

세 번째 전시 작품들을 철수하는 날이다. 두 달간 내 그림이 전시되었던 공간은 이제 다른 그림책 작가님의 원화와 작업 노트로 가득 채워질 예정이다. 대표님께서 서점 전시 기간에 어떤 분이 방문해서 나에게 선물을 놓고 가셨다며 책 한 권을 건네주셨다. 친구가 놓고 갔다면 나에게 연락했을 테고, 일산에는 지인도 없는데 처음엔 누군지 감이 오지 않았다. 책 한 권 사이에 따뜻한 손 편지로 쓴 엽서 한 장을 곱게 끼워서 포장까지 해 놓고 가신 분은 브런치에서만 안부를 묻던 '은섬'이라는 작가님이셨다. 전시 중에 다녀가

셨으면 이미 한 달은 지났을 시점인데 이제야 선물의 존재를 알게 되어 송구스러운 마음이 앞선다. 일면식 없는 나를 위해 전시를 보러 와주고 전시 전날 손 편지를 써주는 마음을 가진 분이라니. 나는 또 한 번 독립서점을 그리면서 얻는 것이 너무나 많다는 생각을 한다.

독립서점도 작가도 모두 잘되면 좋겠다

'늘 봄일 순 없지만', '그냥 걷다가 우연히', '가을은 빨리 지나가니까', '겨울 온기', '온전한 나의 시간' 고심 끝에 지은 전시명들이 퍽 마음에 들었고, 그에 맞는 이야기를 만들어 가는 과정은 늘 설레었다. 나만의 공간에서 조용하게 원래 거기 있었던 것 같은 그림들. 독립서점 전시가 주는 매력이다.

갑자기 고백하자면 몇 번의 전시를 하며 살짝 현타도 왔었다. 전시를 하며 행복한 점, 좋은 점들이 훨씬 더 많았지만, 내가 좀 더 유명했더라면 내 굿즈가 더 많이 팔리고 내 그림이 많이 판매되어 서점 살림에 보탬이 되었더라면 하는 생각에서 말이다. 나는 여전히 무명이고 나의 전시는 영향력이 별로 없었다. 그럼에도 불구하고 독립서점은 내 그림들을 기꺼이 걸어 주었고, 전시로 인한 수익을 소소하게 전달해 주었으며, 따뜻한 언어로 나에게 힘을 주었다.

독립서점 대표님들을 만나고 오면 늘 뭔가를 채우고 오는 느낌이다. 따뜻함이든 삶의 지혜이든, 꺾이지 않는 마음이든 간에.

독립서점도 작가들도 모두가 잘되면 좋겠다.

끝까지 하는 권냥이입니다

겨울 온기 2021. 11

글을 쓰기 시작한 계기

나는 남 앞에 나서는 걸 좋아하지 않는 사람이다. 오프라인은 물론이고 온라인에서도 그 흔한 SNS조차 하지 않았다. 사진 찍는 건 좋아하지만, 그냥 나 혼자 기록용으로 남길 뿐 어디에 올리려고 찍는 것도 아니었다. SNS는 나에겐 별 의미 없는 자기표현 방식이었다. 인생의 낭비라고 생각했던 적도 있었다.

그림은 좋아했다. 취미 삼아 그리거나 지인들 부탁으로 그렸던 그림들을 기록할 공간이 필요했다. 인생의 낭비라고 생각했던 바로 그곳에 계정을 하나 만들었다. 가끔 생각날 때마다 들어가 보긴 했지만 '그 계정으로 유명해져야겠어!'라는 생각으로 시작한 것이 아니기에 거의 방치된 채로 시간은 계속 흘러갔다.

그러다 어떤 계기가 생겼다. 배꼽 아래 대장 부근에 뭔가 만져져 병원을 찾았는데, 의사가 암이라는 진단을 내린 때였다. '나 이렇게 죽는 건가?' 하는 생각이 들었다. 아이들 걱정에 며칠을 속으로 울었다. 병원을 옮겼고 조직검사를 했고 검사 결과 경계성 종양이라는 진단을 받을 수 있었다. 사람들 앞에 나서지 않고 모임엔 잘 가지 않고 인간관계를 쉽게 확장하지 않으려는 나였지만, 암에 걸린 줄 알았다가 아니었던 경험을 하고 나니 조심하고 경계하는 것이 다 부질없다는 생각이 들었다. 그때부터 너무 숨어서 살지 않기로 했다.

해보고 싶은 건 후회하지 말고 다 해보기로 결심했다.

"아, 작가 한번 못해보고 죽는구나."라는 마지막 말을 남기고 죽은 사람은 되고 싶지 않았다. 방치된 그 계정에 그림과 글로 나를 표현하기 시작했다. 일기장에나 써야 할 법한 오그라드는 이야기들도 신경 쓰지 않고 올렸다. 누군가가 내 머릿속을 들여다보는 것 같아 부담스러울 때도 있었지만, 그럴 때마다 생각했다.

"뭐 어때. 상관없어."

그런 생각들이 여기까지 나를 이끈 것 같다.

사실 막상 해보니 뭐라고 한 사람은 아무도 없었다. 주변에 응원해주는 사람들이 이렇게나 많다는 것을 느낄 뿐이었다. 그림을 그렸고, 굿즈를 만들었고, 내 이야기를 썼다. 이제 전시를 하고, 그다음 전시를 계획하고, 내년을 생각한다.

느리지만 이제 나는 앞으로 나아간다.

제로헌드레드　2022. 7
서울 마포구 희우정로10길 33 1층

가보지 못한 서점에 대하여

2년 동안 독립서점을 그려왔다. 독립서점만 그려왔던 건 아니지만 그림 대부분은 책과 관련된 그림들이다. 책 읽는 그림, 책 들고 있는 그림, 책 펼쳐놓고 자는 그림 등등. 그러면서 나 또한 자연스럽게 책과 가까워졌고, 그 과정에서 꾸준히 글을 쓰게 되었고 이렇게 출간의 기회까지 생겼다.

독립서점 달력 프로젝트를 진행하면서 수많은 서점과 좋은 분들을 알게 되었는데 최대한 많은 그림을 담았음에도 담지 못한 곳들이 아직도 너무 많다.

'문학소매점', '제로헌드레드', '시흥서가', '안도북스', '지구별서점', '다대포예술기지', '무아레', '책방모도', '안녕, 책', '다다르다', '강다방 이야기공장'……. 그렸던 서점 중 절반은

가보지 못했기에 만약 다음 책이 나올 기회가 또 생긴다면 한 곳 한 곳 방문해서 서점과 나의 이야기들을 담고 싶다.

독립서점을 그리는 동안 나에게도 많은 변화가 일어났다. 그림 그리는 사람이긴 했으나 어쨌든 남들이 보기엔 동네 백수였던 나를 사람들은 작가라고 불러주기 시작했고, 불릴 때마다 부끄러워 어쩔 줄 몰라 했던 그 호칭을 언제부턴가 감사하게 받아들이게 되었다.

독립서점 소개서를 쓰려던 것이 아니었다.
동네 어디에서나 볼 수 있는 아이 엄마이자, 독립서점을 그리며 함께 성장해 나가는 그림 작가의 이야기를 하고 싶었다.
이 책을 읽는 여러분들도 자신만의 이야기를 만들어 나갔으면 좋겠다. 어떤 순간에도 자신의 꿈을 놓지 말길.

내 꿈은 '끝까지 하는 사람'이다.

동네 어디에서나 볼 수 있는 아이 엄마이자,

독립서점을 그리며 함께 성장해 나가는

그림 작가의 이야기를 하고 싶었다.

너의 작업실 2　2022. 8

경기 고양시 일산동구 일산로380번길 63-36

지구별 서점 2022. 5
전남 목포시 수문로 63

시흥서가 2022. 3
강원 원주시 이화1길 41-12

퍼스트플로어 2023. 5
서울 송파구 위례광장로270 송파와이즈더샵 2층 Y214호

생애 여름 04

독립서점을 그립니다

초판 1쇄 발행 2023년 7월 29일

지은이	권냥이
펴낸이	최혜정
펴낸곳	도서출판 생애
출판등록	2019년 9월 5일 제377-2019-000077호
주소	수원시 팔달구 권광로 373
이메일	saengaebook@naver.com
디자인	연기획
ISBN	979-11-981125-2-1 03800